KEITAI
SHOUSETSU
BUNKO
野いちご SINCE 2009

総長さま、溺愛中につき。②
～クールな総長の甘い告白～

＊ あ い ら ＊

JN031735

◎ STARTS
スターツ出版株式会社

イラスト/朝香のりこ

圧倒的な力でNo.1の座に君臨していた
国内トップクラスの暴走族を、
たったひとりで潰したのは——。
『サラ』と呼ばれた、絶世の美少女。

超絶地味子に変装して、高校へ編入したけど——。

「サラ、だよね？」
さっそく、正体がバレてしまったみたいです。

生徒会からの勧誘……そして、fatalとの再会。
恋のバトルはますますヒートアップ!?

「……そんな男、やめとけ」
クールな総長の溺愛も、暴走気味で……？

急展開＆危険度超アップな第２巻！
由姫を巡る恋のバトル、本格始動。

※出てくるイケメン全員、主人公の虜です※

伝説を作った
最強の美少女

同一人物

主人公

2年

白咲 由姫（しらさき ゆき）　通り名／サラ

ワケありで地味子ちゃんに変装中。本来の姿はとてつもなくかわいいが本人は気づいていない。曲がったことが大嫌いで、ケンカは負けなし。じつは昔、最強の伝説を作ったことがあるようで……？

サラ
本当の姿

nobleの副総長兼・生徒会副会長。誰にでも優しいが、中身は真っ黒。とある理由でサラを必死に探している。

3年

東 舜（あずま しゅん）

nobleの幹部。情報収集をしていて、勘がよい。生徒会会計。学園のアイドル的存在で、小悪魔。サラに憧れ暴走族に入る。

3年

南 凛太郎（みなみ りんたろう）

由姫
地味子の姿

nobleの
最強総長

地味子姿の
由姫を溺愛!?

さいおんじ れん
西園寺蓮　　3年

最強の暴走族であるnobleの総長。女嫌いで
クールだが、生徒会長も務めている。サラの
ことは噂で聞いていて知ってはいるが、特に
興味はない。地味子姿の由姫を溺愛……!?

nobleの幹部。特攻隊長
で、まわりからの信頼
が厚い男の中の男。生
徒会書記。女に興味は
ないが、サラは別。

たき ゆうじ
滝勇治　　3年

由姫のクラス内の
リーダー的存在。
蓮たちからは次期
総長候補として一
目置かれている。
優しく穏やかな性
格で、カリスマ性
を持つ男。

しんどう かい
新堂海　　2年

fatalの
危険な総長
&
風紀委員長

3年

天王寺 春季
てんのうじ はるき

fatalの総長で、風紀委員長。サラの彼氏で、サラを溺愛している。すべてにおいて無気力で、サラ以外興味がない。

2年

如月 華生(左)＆弥生(右)
きさらぎ かよい　　　　やよい

由姫のクラスメイトの生意気な双子。海とは所属が違うため仲が悪い。由姫のことが気に入ったようで……？

3年

千里秋人
せんり あきと

fatalの副総長で風紀副委員長。極度の面食いのため、変装をした由姫に対する扱いがひどい。美少女なサラの顔は、好みの顔No.1と断言している。

3年

鳳 冬夜
おおどり とうや

fatalの幹部で、風紀委員メンバー。ケンカの先陣を率いることが多々ある。気分屋な総長に呆れ気味。サラが好きで、昔から片想いしている。fatal唯一の常識人。

3年

難波 夏目
なんば なつめ

fatal幹部＆風紀委員メンバー。可愛い見た目とは裏腹に、ケンカっ早く悪魔のような性格。サラの笑顔に惚れていて、春季からいつか奪おうと企んでいる。

由姫が大好きすぎる
孤高の一匹狼

氷高 拓真 （ひだか たくま） 2年

チームに属していない一匹狼。校内では
ケンカが強く恐れられている存在だが、
由姫とは幼なじみで、クラスメイト。
双子の華生・弥生とは犬猿の仲。

前回までのあらすじ…

　"サラ"の名で暴走族を潰した伝説を持つ、ケンカ最強の美少
女・由姫。ある事情で地味子に変装し編入することになったけ
ど、そこはお金持ちな超イケメン不良男子だらけの全寮制高校
だった!?　No.1暴走族"noble"の総長である蓮を筆頭に、なぜ
だか最強男子たちに懐かれる由姫。新しい学校生活を楽しんで
いたけれど、ある日、恋人の春季が女の子に囲まれている様子
を目撃してしまい……。さらに、由姫の本当の姿を知る人物が
現れて……!?

☆

contents

ROUND＊05
fatal

キュート男子

「ねえ、キミさ……」

　目の前の男の子が、私を見て目を輝かせる。

「——サラ、だよね？」

　笑顔で言われ、言葉を失った。

　ごまかすことも忘れるほど驚いて、頭の中が真っ白になってしまう。

　どう、して……。わ、私がサラだって、バレたの……。

　自分の発言を思い返しても、口をすべらせた記憶はない。

　というか、彼とはたった今会ったばかりで、サラに関することなんて何ひとつ話していないんだ。

　なのに……。

「えへっ、当たりでしょう？」

　確信している表情の彼。

「ち、違います……！」

　とにかく否定しなきゃ……ば、バレたらまずい。

　だってこの人は、生徒会の人……nobleなんだから。

　サラだってバレたら……困ったことになるかも……。

「さ、サラって、誰のことでしょうか？」

　そうごまかし、なんとか笑顔を浮かべた。

　口の中が緊張からか、異常なほど乾いている。

　この人……私に会ったことがあるのかな……？

　じっと顔を見てくる彼。あまり見られたら本当にバレる

　かもしれないと、少し離れようと体をずらす。

　　すると……。

　　──ドンッ。

　私が逃げないように、彼が壁に手をついた。

　　ち、近いっ……！

　　追い詰められ、さらに観察するように見つめられて、身動きが取れない私。

「うん。やっぱりサラだ。僕がサラを見間違うわけないよ」

　彼はにっこりと笑顔を浮かべ、断言した。

　いったいその自信はどこから来るのかわからないけれど、ひとつだけわかったことがある。

　彼を騙すことは……きっとできない。

「その格好は変装？　今までバレなかったの？」

「あ、あの、だから私は……」

「もう、ごまかしても無駄だよ！　なんなら、その変装、無理やりにでも剥がそうか？」

　　……っ。

　最後の悪あがきも華麗にスルーされ、さらりと告げられた言葉に息をのむ。

　は、剥がそうかって……。

「ふふっ、冗談だからそんな顔しないで。僕が大好きなサラに乱暴なんてするわけないでしょう？」

　一瞬、警戒態勢になった私に、彼が微笑む。

　その微笑みは嘘をついているようには見えなくて、少しだけ体の力を抜いた。

14

「ね、キミはサラだよね？」

　……もう、ダメか……。

　もう一度確認するように聞いてきた彼に、私は肩を落とした。

　こんなところでバレるなんて……とんだ誤算だった……。

「……どうして、わかったんですか？」

　彼の瞳が、さらに輝きを増した。

「やっと認めてくれた……！」

　それはそれはうれしそうに微笑む彼は、無邪気な子供みたい。

「僕ね、サラのこと大好きなんだ。だからわかった」

　大好きだからわかったって……。

　幼なじみの拓ちゃん——氷高拓真でさえ本名から気づいたくらいなのに、そんなことあるのかな？

　納得できない私を見て、彼は他の理由を探すようにうーんと頭を悩ませた。

「強いて言うなら、骨格かな？」

「骨格？」

「うん、骨格が完全に一致してたからわかった」

　……そ、そんな見分け方ができるの？

　というか、どうして彼は私の骨格なんてわかったんだろうか……ちょ、ちょっと怖くなってきた……。

「まさかこんなところでサラに会えるなんて……どうしよう、うれしすぎて手が震えてるよ……‼」

　言葉どおり、彼の手は少し震えている。

　感動している様子に、苦笑いを返した。

　そ、そんな芸能人に会ったみたいな反応……大げさというか、彼はサラが私とわかって、ショックじゃないのかな？

　みんなから聞くところ、サラはずいぶん誇張されて広まっているみたいだから、実物を見たら幻滅されると思っていた。

「ねえ、さっきの質問の続きだけど、それは変装？　どうしてそんな格好してるの？」

　あっ……そ、そっか。

「えっと……この格好は、父からの言いつけで……」

「なるほどね。そりゃあサラみたいなかわいい娘がいたら、過保護になるよね。……というか、どうしてこの学園にいるの？」

「この学園に来た理由は……」

　彼の質問に答えようとした私より先に、彼が口を開いた。

「天王寺春季？」

　……っ。

　図星を突かれ、思わずびくりと肩が跳ねる。

　彼は私の反応を肯定ととったのか、大きなため息を落とした。

「付き合ってるって噂は、やっぱり本当だったのかぁ……」

　心底残念そうな彼。そんなに残念がることかな……？

「……ま、どうせ天王寺なんて、すぐサラに捨てられるから敵じゃないけど」

「え？」

「ううん、何もないよっ」

　聞き取れなくて首をかしげた私に、彼はにこっと満面の笑みを浮かべた。

「じゃあこの学園に来たのは、天王寺と同じ高校に通いたくてってこと？」

　初対面の人にどうしてこんなことを話しているんだろうと我に返って思うけど、もう隠すことでもないかと頷く。

「ちょっと、不純な理由ですよね……」

「ううん、そんなことないと思うよ。好きな人のそばにいたいのは、当然だもんね」

　彼の笑顔には、少しの悪意もお世辞も感じられない。

　急に脅してきて怖い人かと思ったけど……そうでもないかもしれない。

「ってことは、fatalはもう知ってるのかぁ……一歩遅れちゃったな……」

「あ、いえ、違います」

　残念そうにしている彼に否定する。

「じつは、fatalのみんなとはまだ会えてないんです。春ちゃんも……私がいることは知らなくって」

「……え？」

「びっくりさせようと思って。まだ直接話せてないんです」

　私の言葉に、彼は大きな目をまん丸と見開かせた。

　よく見ると、本当にかわいらしい顔。

　アイドルと遜色ない愛らしい容姿に、女子として負けた気がした。お目目も、くりくりだっ……。

「じゃあ、気づいたのは僕が初めてってこと？」

「はい、見破られたのは初めてです」

　今までサラを知っている人には何度か会ったけど、誰にも見破られなかったもん。拓ちゃんは私がサラだと知っているけど、どこにも所属していないし、ここでは黙っておこう。

　それにしても……あまりにもバレないから油断してしまった。

　いやでも、骨格で見分けられる彼がすごいんだと思う。

「ふふっ、僕の愛を感じた？」

「あ、愛？」

「もう！　さっきから大好きだって言ってるのに！　僕ね、サラの大ファンなの！」

　両手を握り合わせながら話す彼は、もうかわいい女の子にしか見えない。

　きゅるるんっ、という効果音がつきそうなかわいさ。

　こんなにかわいい男の子、もし会っていたらきっと覚えているだろうけど……。

「え、えっと……すみません、じつはあなたと会った記憶がなくて……」

　正直に告げると、またかわいい笑顔が返ってくる。

「うん、わかってるから謝らないでいいよ！　話したことがあるけど、本当に少しだったし、覚えてなくて当然だよ」

　そうなんだ……。

「僕はあの日から、忘れたことはないけど。えへへ」

　照れ臭そうに頭をかく仕草に、きゅんと胸が高鳴る。

　これが母性本能ってものなのかもしれない……彼、ほんとにかわいい……。頭の上に、天使の輪がついていてもおかしくないかわいさだ。

　こんなにかわいい男の子が存在するなんて……。

　そう思った時、ひとりの男の子が脳裏をよぎった。

　私の知る、一番かわいい男の子。

『サラー!!』

　いつもにこにこ笑顔で愛嬌満載のその子は"なっちゃん"といって、fatalの友達だった。

　元気にしてるかなぁ……。

　もしかしたら、なっちゃんも、この学園に通ってるかもしれない。

　目の前にいる子もすごくすごくかわいいけど、なっちゃんもかわいさでは負けてないかも。

　って、今はそんなこと考えてる場合じゃない……。

「あ、あの……fatalのみんなはもちろん、nobleのみなさんにも、私がサラだってこと……黙っててもらえませんか?」

　まだ信用できる人かどうかはわからないし、口が軽い人だったら大変だ。

　サラだってバラされてしまったら困るし、なんとしてでも内緒にしていてもらいたい……!

「もっちろん!　絶対、内緒にする!」

　即答で約束してくれたことに、ほっと胸を撫で下ろす。

　彼の様子からして、誰かに告げる気は本当にないように見えた。

「僕だけが気づいたのかぁ～、ふふっ」

　……というか、すごくうれしそう。

　サラのファンだって言っていたけど、そんなふうに言われたことはないから正直うれしい。

　私みたいな人間にファンなんて……もったいないなぁ。

「そういえば、舜くんと滝くんは気づいたそぶり見せた？」

「いえ、ふたりにはバレていないと思います」

「じゃあ、僕が一歩リードだね！」

　リード……？

　いったい何を競っているんだろう？

「……あ」

　不思議に思った時、彼は何かを思い出したように声を上げた。

「……どうかしましたか？」

「ううん、ちょっととある約束を思い出しただけ」

　約束？

　あ、もしかして……。

「用事ですか？　行っていただいても大丈夫ですよ？」

「会う約束とかじゃないから大丈夫だよ～。それに、せっかくサラとふたりきりなんだから、たくさん話そう？」

　かわいらしく言われてしまったら、ノーとは言えない。

「僕、ずーっと探してたんだよ！　biteが潰れた日のこと覚えてる？」

"bite"。

その名前には、聞き覚えがありすぎる。

fatalの前に、No.1だった暴走族。史上最強で最悪と言われたグループだ。

「はい」

「あの日、サラに助けられたんだ」

あの日って、私がbiteのアジトに乗り込んだ日のことかな……?

fatalのみんながやられて助けに行った時……たしか、他のグループの人もいた。

biteを倒すためにfatalと共闘していたらしく、声をかけた記憶がある。

その中に、彼もいたのかな?

「あの日のサラ、本当にカッコよかったなぁ〜……」

彼は当時のことを思い出すように、目を瞑って話を始めた。

「さっそうと現れては、あっという間に大勢の精鋭部隊を倒してくれ……そのあと、でかい顔をするわけでもなく、警察が来るかもしれないからって、うちのメンバーやfatalを逃がすところまで手伝ってくれてさぁ……」

ぎゅっと手を握り合わせながら、うっとりした表情の彼に苦い笑みがこぼれる。

「あの日サラがbiteを倒してくれたおかげで、治安もよくなったし、ここらの奴はみんな感謝してるよっ」

そうだったんだ……。

　私はただおせっかいをしただけだから感謝されるような
ことはしていないけど……でも、平和になったならよかっ
た。

「大げさですよ」

「大げさなんかじゃないよ！」

　私の言葉に、彼が力強く言い放った。

「fatalやnobleでさえ倒せなかった、あの当時、圧倒的に
強かったbiteをひとりで倒しちゃうなんて！　しかも、恩
を売るわけでもなく消えてくなんて……。サラはね、伝説
なんだよ！」

　熱く語られ、なんだか気恥ずかしくなる。

　か、過大評価しすぎだと思うけど……。

「そ、そうなんですか……」

「ふふっ、そうだよ～」

　彼があまりにも誇らしげに語るので、何も言えなくなっ
てしまった。

　人から自分の話を聞くって、恥ずかしいなぁ……。

「……あ！」

　再び声を上げた彼に驚く。

　こ、今度はなんだろう？

「自己紹介まだだった!!」

　そ、そういえば、彼の名前を聞いていないことに私も気
づいた。

「僕の名前は南凛太郎！　nobleの幹部と生徒会の会計を
担当してますっ！」

やっぱり、この人も幹部なんだ……。

　システム管理をしているくらいの人だから、上の役職についてるだろうなとは思っていた。

　生徒会でも役職を与えてもらっているってことは、トップ4に入ってるのかもしれない……。

　トップ4というのは言葉のとおり、グループで大きな権力を持っている上位4人のことで、その4人が組織を動かしている。

　これは、あくまでfatalの話だけど、たぶんnobleも同じはず。かつてはbiteも同じだったし、多くのチームが上層部は少数精鋭にしているのだ。それを証拠に、生徒会の4人はnobleの幹部だ。

　春ちゃんと出会った時、春ちゃんはすでにfatalのトップ4に入っていて、春ちゃんが総長になったのは……たしか私が引っこした直後だった。

　fatalのトップ4は、今も変わってないのかな？

　早く、みんなにも会いたいなぁ……。

　って、私も自己紹介しなきゃ。

「2—Sの白咲由姫です」

「ふふっ、さっき聞いたよ。ね、僕のことは好きに呼んでね」

　じゃあ、お言葉に甘えて……"南くん"って呼ばせてもらおう。

　きっと同級生……いや、年下かな？

「ねえねえね、サラはこれから、生徒会に入ってくれるんだよね……？」

　期待に満ちた瞳でそう聞かれ、うっと返事に詰まる。

「いえ……じつは私、生徒会がnobleのメンバーで構成されてるってこと、昨日知って……」

　今日は逆に、断りに来たつもりで……。

「彼氏の敵対グループだから、入れない？」

　寂しそうに眉の両端を下げる南くんに、罪悪感を感じた。

「うーん……困ったなぁ……僕はサラとできるだけ一緒にいたいから、絶対絶対入ってほしいのになぁ……」

　そう言ってもらえるのはうれしいけど、こればっかりは……。

　nobleのメンバーが好き嫌いの問題ではなくて、fatal以外のグループとは極力親しくしないほうがいいと思うし、生徒会に入るってことは、nobleに入るも同然な気がするから。

「あのね、nobleとfatalは、敵対してるわけじゃないよ？一応協定だってあるし、お互いの幹部が幼なじみ同士の奴もいるし！　普通に仲いい奴もたくさんいるんだよっ！」

　南くんの言葉に、少しだけ驚いた。

　入学した日に舜先輩からも少し聞いていたけど、そんなに仲がいいんだ……。

　でも思い返せば、実際にクラスメイトの弥生くんと華生くんは、海くんとも仲がいいし。

「だから、サラにはnobleとも仲良くしてほしいなぁ……」

　かわいくお願いされ、困ってしまう。

「nobleっていうか、僕とだけど」

「でも……やっぱり生徒会には……」

「お願い……！　サラのことは誰にも言わないから！」

　……っ！

　ま、また脅しだ……！

「生徒会に入って？　ダメ？」

「そ、それは脅しですっ……！」

「脅しじゃないよっ。お願い、だよ」

　語尾に音符マークがつきそうな、とぼけるような口調で言った南くん。

「ええぇっ……」

　私は完全にお手上げで、頭をかかえたくなった。

「約束するから、ね？」

　最後の一押しとばかりに、上目づかいでお願いされる。

　うう……生徒会に入るなんてダメだけど……でも、バレるほうが困るかも……。

　少しの間、室内に沈黙が流れる。

　生徒会……というか、nobleのメンバーと関わることと、サラなのがバレることのふたつを天秤にかけ、私は重い口を開いた。

「わ、わかり、ました……」

　ごめんね、fatalのみんな……。

　で、でも、今サラだってバレたらややこしいことになっちゃいそうだからっ……。

「やったー！」

　私の返事に、南くんは大喜びしている。

　はぁ……とんでもないことになっちゃった……。

　仕方なかったとはいえ、春ちゃん怒るかな……。

　ちゃんと謝らなきゃ……。

　そう思った時、扉が開く音が離れたところから聞こえた。

「……あ、舜くんたち帰ってきたみたい。戻ろっか？」

　頷いて、ふたりで個室を出る。

　入り口のところに、帰ってきた舜先輩がいた。

　そして、そのあとから滝先輩も。

「おっかえり〜」

「ああ。……ん？　そんなところで何をしていたんだ？」

　個室から出てきた南くんと私を見て、舜先輩が不思議そうな視線を送ってくる。

「僕のプログラミング見てもらってたんだ。ね、由姫？」

　とっさに南くんがごまかしてくれ、私はそれに同意するように「は、はい……」と頷いた。

　それにしても、すぐに笑顔で嘘を言える南くん、ちょっと恐ろしい……。天使のような笑顔の裏には、何か潜んでいるのかもしれない。

　さすがトップ４……。

「待たせてすまなかったな」

　舜先輩のお詫びの言葉に、慌てて首を横に振る。

　私が突然押しかけただけだから、むしろ謝るのはこっちのほうだ。

「そこへ座ってくれ。飲み物をいれよう。ココアかコーヒーか紅茶か、どれがいい？」

　舜先輩がくれた３択。お言葉に甘えてココアを選んで、テーブルの前に座る。

　その時、再び生徒会室の扉が開いた。

「由姫、待たせてすまない」

　あっ、滝先輩も戻ってきた。

「滝はココアでいいか？」

「ああ、頼む」

　昨日から思っていたけど、滝先輩は甘党なのかな……？

　気が合うかもしれない……って、ダメダメ。生徒会には入らざるを得ないとはいえ、あんまり気を許しすぎるのは……。

　はぁ……みんないい人たちだからこそ、罪悪感を感じてしまうなぁ……。

　ココアの入ったマグカップを手に持った舜先輩が戻ってくる。

「肝心の蓮はサボりだが……まあ気にせず話そう」

　４人で、テーブルを囲む形に座る。

　前に座っている舜先輩と滝先輩。nobleの幹部だと思うと、やっぱりどうしても身構えてしまう。

「今日来てくれたのは……生徒会への加入に対しての、返事のために来てくれたのか？」

　座ってすぐに本題へと入った舜先輩に、肩がびくっと小さく跳ね上がる。

「は、はい。えっと……」

　ど、どうしよう……やっぱり入らないほうが……。

「由姫、生徒会に入ってくれるって！」

　再び悩み始めた私の選択肢を奪うように、笑顔で南くんが言った。

　み、南くん……！

　途端、舜先輩と滝先輩の顔色が変わる。

「本当か？」

「由姫が入ってくれるなら、心強いな」

　安心したようにほっと息を吐くふたりに、今さら『もう少し考えさせてください』とは言えなかった。

　もう、覚悟を決めるしかないっ……。

　もし春ちゃんがダメって言ったら、その時は改めて断ればいい話だもんね。

　南くんとの交換条件だから、今は抵抗するわけにはいかない。

「なんだかんだ言っていたが、蓮が喜ぶだろうな。由姫といられる時間が増えるわけだから。サボりもなくなりそうだな」

「そうだろうな」

　……？

　どうして、私が入って蓮さんが喜ぶんだろう……。

　私以外は納得している様子に、ますます不思議に思った。

「改めて、これからよろしく頼む」

　差し出された、舜先輩の手。

　私はfatalのみんなへの罪悪感をかかえながら、その手を握り返した。

　「こ、こちらこそ、よろしくお願いします……」

　　ごめんなさい、fatalのみんなっ……。

　　こうして私は、生徒会の正式な役員になった。

生徒会役員になりました。

「それじゃあ、さっそく生徒会について説明させてもらう」

　舜先輩にマニュアルのようなファイルを手渡され、それに沿って説明を受ける。

　春ちゃん次第だけど、やると決めたからには、ちゃんと働かなければ……。

　舜先輩たちが人手不足だったのは本当だろうし、たくさんよくしてもらった分、恩返ししたい。

「おもに活動時間は早朝と放課後。用事がある日は、そちらを優先させてくれて構わない。……こいつはサボりすぎだがな」

　説明しながら、南くんに視線を送った舜先輩。

「えー、そんなことないよ〜」

　どうやら、南くんは休みがちみたい。たしかに、この前来た時もいなかったし、用事で忙しいのかもしれない。

「仕事の内容はさまざまだ。部活動・委員会の管理、広報の手伝いや集計まで……月によってバラバラだな」

　頷きながら、話に耳を傾ける。

　ほんとに、いろいろな仕事をしているんだなぁ……。

「まあ、由姫ならどんな仕事でもこなせるだろう」

　どうしてそこまで期待してくれているのか不思議だけど、戦力になれるよう頑張ろうと思う。

「ちなみに、部活動と一緒で試験１週間前の活動は休みに

なる」

　やっぱり、この学園では学業最優先なんだろうな。

「由姫にお願いしたいのは、おもにデータ管理と集計の処理。頼めるか？」

「はいっ」

「ありがとう。助かる」

　笑顔を浮かべた舜先輩に、私も笑顔を返す。

「生徒会長様は週の半分はサボっているが……まあ、由姫が入れば来るようになるだろう」

　……ん？

　さっきもそんなことを言っていたような……私が入ることと蓮さんに、なんの関係があるんだろう？

「今、話しておくのはこのくらいだ。何か質問はあるか？」

　舜先輩の言葉に、慌てて質問を投げる。

「あの、生徒会はnobleのメンバーで構成されているんですよね？　部外者の私が入っても、大丈夫なんでしょうか……？」

　一番気になっていたのはそこ。私、歓迎されないんじゃないのかな……。

　こ、こんな地味な感じだし、部外者だもん……他の人からしたら、なんだこの女って思われて当然だ。その上、fatalとのことが知れたら……。

　そう不安に思っていた私とは違い、舜先輩は "そんなことか" と言わんばかりにあっさりと答えた。

「ああ、問題ない。そこは俺たちでどうにでもできる」

　ど、どうにでもできるって……。

　でも、舜先輩が言うならそうなんだろうな。

　私はできるだけ目立たないように、仕事をしよう……。

「俺たちからnobleのメンバーにも、今後はお前を守るよう伝えておく」

　……え？

「ま、守る？」

「念のためだ。生徒会が女子を囲っていると知れたら、由姫を狙う輩が現れるかもしれない」

　そ、そっか……そうだよね。校内は平和とはいえ、この前、蓮さんを袋叩きにしようとした人たちみたいな悪い人もいるってことだもんね。

　でも、もし何かあっても返り討ちにできると思う。

　……なんて、舜先輩には言えないけど。

「抗争とか、よく起こるんですか？」

「俺たちはまあ、よく狙われるからな」

「そうなんですか……」

　南くんは平和になったって言ってたけど、まだまだケンカが日常茶飯事なのかもしれない。

　少しだけ肩を落とした私を見て、不安に思っていると勘違いさせてしまったらしい。

「安心しろ。nobleは強い」

　まるで私を安心させるようにそう言ってくれた舜先輩に、笑顔を返す。というか、舜先輩の今の発言は自信に溢れていた。

　強いって断言できるほど、nobleの力は圧倒的なんだろうな。

「いつでもお前の力になろう。困ったことがあれば遠慮なく言うんだぞ」

「ああ、俺たちはもう仲間だ」

　舜先輩に続いて、滝先輩も優しい言葉をかけてくれた。

　本当に、nobleの皆さんはいい人だなぁ……。

「僕も僕も！　仲間だからね！」

「ふふっ、うん!!」

「ちなみにだが、明日は俺と滝が他校との交流会で出払っているから、生徒会は休みだ。これから忙しくなるから、今のうちに息抜きをしていてくれ」

　お言葉に甘えて、明日はゆっくりしようかな。

　笑顔で「はいっ」と返事をし、ココアを一口飲む。

　口の中に広がる甘さに、ほっと一息ついた。

　ここに来た本来の目的とは違う形になったけど、なんとかやっていけそう。南くんも、約束はちゃんと守ってくれるだろうし。

　問題は……fatalというか、春ちゃんがなんて言うかだけど……。

　そんなことを思った時だった。

　プルルル……と生徒会室にあった電話が鳴り、滝先輩が出て対応する。

　電話を終えた滝先輩が、疲れた表情でため息をついた。

「学長から呼び出しだ」

「……またか。悪い、俺と滝は出る。今日は仕事は溜まっ
ていないから、好きな時に帰ってくれて構わない」

　わっ、大変そう……。

　慌ただしく出ていくふたりに、「お疲れ様です」と労い
の言葉をかけた。

「ああ、またな」

　ふたりが生徒会室から出ていき、扉が閉まる音が響く。

「さ……じゃなくて、由姫もう帰る？」

　い、今、絶対に『サラ』って言いかけた……！

　舜先輩も滝先輩もいないからよかったけど、気をつけて
南くん……!!

　目線で訴えると、南くんもごめんと言っているように見
える。

　わ、私も生徒会に入ったからには、今まで以上にバレな
いよう気をつけないと……。

「もう用事も終わったから、帰ろうかな」

「じゃあ、一緒に帰ろうっ」

　南くんの言葉に頷いて、一緒に生徒会室を出た。

「そういえば、手続きミスで生徒会寮に入った女子生徒っ
て……由姫だよね？」

　あ、そっか……南くんは私のこと、知ってるんだ。

『もうひとり、南という役員にも伝えてある。知っている
のは由姫含めて５人だ』

　舜先輩の言葉を思い出して、納得した。

　てことは、隠す必要もないし、寮まで一緒に帰れる。

　ふたりで並んで歩いていると、視線を感じた。

「きゃー!!　あれ、南さんじゃない!?」

「いつ見てもかわいいっ……!」

　やっぱり、南くんも人気なんだ……。

　生徒会って、すごいんだなぁ……。というか、"noble"がなんだろうけど。

　No.1ってことは、きっと憧れている人も多いだろう。

「……ねえ、隣にいるの例の編入生じゃない?」

「なんでまたあいつ?　2年のトップ4とも仲いいんでしょ?」

　う……また何か聞こえる……。

　女の子の視線は痛いけど、こればっかりはどうしようもない。

　できるだけ気配を消そうと、肩身を狭くして歩く。

「生徒会の人って、いつもこんな感じなの?」

「ん?　何が?」

「視線……」

「あー、うん、そうだね。どこに行っても『きゃーきゃー』言われるし」

　笑顔で答える南くんに、苦笑いを返す。

「た、大変だね……」

「そう?　サラほどじゃないと思うけど……」

「み、南くん、しぃーっ!」

「ふふっ、ごめんごめん」

　悪気がなさそうな表情に、頭をかかえた。

　誰に聞かれてるかわからないから、ビクビクするよ……。

　生徒会寮に近づくにつれて、生徒が減る。

「人、少なくなったね」

「うんっ。生徒会寮は、一般生徒は近寄れないから」

「え？　どういうこと？」

「生徒会以外の人間は、近づくの禁止なのっ」

　えっ……そうなの？　そこまで徹底してるんだ……。

「だから、ここらへんは安全だよ。ホームだから！」

　そう言われ、少しだけ肩の力を抜く。

　たしかに、今まで他の生徒を見たことはなかったし、バレなかったのもそういうことかもしれない。

　私にとって生徒会がホームかはわからないけど、今はひとまず安心だ。

　それにしても……。

「nobleの人たちって、優しいよね……」

　今日、改めて思った。

　舜先輩や滝先輩、そして蓮さんは……生徒会にいる人は普通に接してくれるし、挨拶してくれる。

　教室ではあんまりいい目を向けられないから、不思議だった。

　うれしいしありがたいけど、それ以上に……申し訳ない気持ちがあった。

「nobleのみんなが優しい？　そうかな？」

「うん。だから……騙しているみたいで、心が痛い……」

　私がfatal側の人間だってバレたら……みんな、どう思うんだろう。fatalとのことを隠して仲よくさせてもらっているなんて、騙しているも同然だ。

「そんなの気にする必要ないのに！」

　南くんが、優しい言葉をかけてくれる。

　それさえも、なんだか今は申し訳なく感じた。

「でも……舜先輩がサラを探しているって聞いたの。それを知ってて隠しているのが、すごく……」

　騙している気がして……。

　南くんのほうを見られなくて、視線を下げる。

　すると、突然手を掴まれた。

「み、南くん？」

　ど、どうしたの……？

　私の手を引き、南くんは寮の裏庭のような場所に進んでいく。

　人影がまったくない場所まで歩いてきて、南くんはぴたりと立ち止まった。

「ねえサラ、メガネ取っていい？」

　えっ……。

　突然のことに驚いて、首をかしげる。

　今、そんな話の流れだった……？

「大丈夫。ここは誰もいないよ。薄暗いし、遠くからは見えないから」

「あ……う、うん」

　言われるがまま、メガネを外した。

　南くんにはもうバレているし、隠す必要もない。

　メガネを外した私を、南くんは静かにじっと見つめる。

「……目の色は？」

「あ、これはカラーコンタクト」

「……ふふっ、ほんとにサラだ」

　うれしそうに頰を緩めた南くん。

「あのね、よく考えてみてよ。気づかないほうが悪くない？」

「えっ……」

「舜くんも、他の奴らも、この学園はサラに憧れてる奴ばっかりなのに……まったく気づいてないんだよ？」

　それは……こんな変装をしているから仕方ないと思うけど……。

　むしろ、気づいた南くんがすごいというか……。

「騙してるなんて思う必要ない」

　南くん……。

「ぜーんぶっ、気づかないほうが悪いんだから！」

　きっと、私を励まそうとしてくれているんだと思う。

　南くんの言葉に、心が少し楽になった気がした。

「ありがとう南くん」

「僕はいつだって、サラの……由姫の一番の味方だよっ」

　ありがたいなぁ……。

　南くんにバレて一時はどうなるかと思ったけど、こんなにも心強い味方ができてよかった。

「みんなと違って僕は気づいたもんねー！」

「ふふっ、そうだね」

　えへへとかわいく笑う南くん。

「fatalのみんなも、気づいてくれるといいなぁ……」

　自然と、そんな言葉が溢れた。

　春ちゃんが気づいてくれなかったら、ちょっとショックかもしれない……。でも、生徒会のことを報告しなきゃいけないし、早く会いに行かないと。

　そう思った時、私はあることを思い出した。

「そういえば……昨日、舜先輩がfatalは風紀委員だって言ってたよね？」

「……うん、そうだよ」

　少しだけ、声のトーンが低くなった南くん。

　不思議に思ったけど、笑顔はいつもどおりなので気にしないことにした。

「だったら、風紀委員の活動場所とかに行けば会えるかな？」

「うん、そうだね」

「でも……地図にはそんな教室、なかった気がする……」

「風紀委員室っていう名前の教室はないんだ。第3実習室が、実質風紀の教室として使われてる」

　その言葉に、思い当たる節があった。

「あっ、わかった、東棟の……！」

　校内探索をした時、地図に書いてあったのを思い出す。

「さすがの記憶力だね。当たりだよ」

　じゃあ、あそこに行けばfatalのみんなに会えるんだ！

「今日って、fatalのみんなはその場所にいるかな？」

「明日ならいるはずだよ。放課後はちょうど幹部クラスの
集会があるから」
　どうして南くんがそこまで詳しく知っているんだろうと
思ったけど、それ以上に居場所がわかったことへの喜びが
勝（まさ）った。
　fatalのみんなに……春ちゃんに会えるんだっ……。
「ありがとう南くんっ！　私、明日行ってくる……！」
「うん。気をつけてね」

　この時の私は、みんなに会えることがうれしくて、何も
わかっていなかったんだ。
　fatalの不穏（ふおん）な噂、拓ちゃんが言っていたこと。
　そして――南くんが、意味深な表情をしていたことにも。
　翌日、私は知ってしまうことになる。
　fatalのみんなが……もう私の知る"みんな"ではなく
なってしまっていたことを。

サラ

【side南】

『大丈夫？　キミたちのおかげだよっ。頑張ってくれてありがとう！』

　サラと出会った日から、僕の世界の中心はずっとサラ。

　向けられた笑顔が、差し出された小さな手が、頭から離れない。かけられた声は、もう数えきれないほど脳裏で繰り返されている。

　こんなにも誰かを欲したのは生まれて初めてで、きっと最初で最後なんだと思う。

　だから——どんな手を使ってでも、手に入れたい。

「じゃあね、バイバイ南くん！」

「うん、またね」

　僕はサラの下の階だから、先に降りる。

　エレベーターの扉が閉まって、上の階に上がっていったサラ。

「……あーあ、かわいそうなサラ」

　ひとりきりになった僕は、そう声を漏らした。

「あいつらの今の姿を見たら、ショック受けちゃうだろうなぁ……」

　あの様子だと、きっとfatalの現状なんて、少しも知らないんだろう。

ROUND＊05　fatal ≫ 41

　まあ、あのプライドの塊（かたまり）の天王寺が、わざわざ言うとは
思わないけど。

　しかも……自分が天王寺によって、"行方知れず"になっ
ていることも気づいてなさそうだ。

　自分の部屋に戻り、ソファに横になる。

「はぁ……あー……」

　僕はさっきまでサラと一緒にいたという喜びを噛（か）みしめ
るように、ぎゅっと目を瞑った。

　サラ……本物のサラだった。会えた。こんなに近くにい
た……！

　しかも、気づいたのは僕だけだと言ってた……ふふっ、
あー……夢みたい……！

　ていうか、気づかないとかなんなんだろう。

　舞くんも滝くんも、あんなに必死にサラを探してるくせ
に……まさかこんな近くにいるなんて、思ってもないんだ
ろうな。

　気づかないとか、ほんと笑っちゃう。

　サラには脅しみたいなことを言ったけど、僕が他の奴に
サラがいるなんて言うわけない。

　絶対に隠したい。だって今、サラは僕のひとりじめ状態っ
てことでしょう？

　敵に塩を送るようなこと、言うわけないよ。

　でも、これで証明されたかな。

　舞くんや滝くんも含めて、サラを好きな人間はこの学園
には山ほどいるけれど──僕の愛が、一番大きいって。

　サラとの出会いは……２年前に遡る。

　僕と舜くんと滝くんは、nobleに入りたてだった。

　nobleは高校生以上じゃないと入れなかったから、高校１年になった４月にすぐに加入したんだ。

　といっても、僕は仮加入の状態で、あまり暴走族に入ることを前向きに考えていなかった。

　西園寺学園……西学にいる以上は、どこかのグループに入ったほうがいいという暗黙の了解がある。仕方なく一番落ちついていそうなnobleに仮加入したけど、そもそも暴走族なんてダサいと思っていたし、この時は興味がなかったんだ。

　当時、nobleはNo.３の族だった。

　fatalがNo.２、そして……No.１には、biteという史上最悪の族が君臨していた。

　biteは本当に最悪で、他の族潰しを趣味にしていた。

　……しかも、闇討ちとか袋叩きとか、卑劣なやり方で。

　族だけでなく、女の子や子供にまで手を上げているという話を聞いて、いい加減野放しにはしていられないと、nobleや他の族が立ち上がった。

　主戦力はもちろん、当時から強かったnobleとfatal。

　当時の総長同士が仲がよかったため、共闘してbiteを倒す作戦になった。

　仮加入の僕や、まだ入ったばかりの舜くんたちは来なくてもいいと言われたけど、舜くんが参加することに決めた。

　僕も、悪い奴が嫌いだったから興味本位で参加したんだ。

　決行日に、biteのアジトに乗り込み……結果は、惨敗。

　事前に僕たちが来ることを知っていたbiteに返り討ちにされ、袋叩きにされた。

　総長たちは見せしめのように痛めつけられ、残っている奴全員を同じ目に遭わせてやると脅された。

　いつ自分の番が回ってくるのか……正直、恐ろしくてたまらなかった。

　ああもう、来るんじゃなかった……。

　これが終わったら、やっぱり入らないって言おう。

　暴走族なんか、もうごめんだ。

『……おい、今度はfatalの新入りたちにしてやるよ!!』

　biteの総長の言葉に、俺は心底ほっとしたんだ。

　まだ僕の番じゃない。fatalでよかった、って……。

『やめ、ろ……やるなら、頭の俺たちでいいだろ……!』

　fatalの総長が、血まみれの状態でそう叫んだ。

　総長ってすごいな……こんなボロボロなのに、仲間を守ろうとするなんて。

　僕は今も、足がすくんで仕方ないのに。

『かわいそうだなぁ？　こんな弱っちいグループに入っちまったせいで……』

　fatalの新入り……天王寺の頭を掴んで吐き捨てるように言ったbiteの総長。

　同じ学校だから、天王寺やfatalの人間のことは認知してた。

　天王寺は、まだ反抗する力が残っていたのか睨み返していた。

　その姿に、なんだか自分がとても惨めに見えた。

　僕はこんなにビビッてるのに、すごいな……。

　……やられっぱなし、かっこ悪い、な……。

　そう思った時、舞くんが突然近くに転がっていた鉄パイプをbiteの総長に投げつけた。

　な、何してるの……そんなことしたら、僕たちが……。

『てめぇ……!!　先にやられて一のか!?』

　案の定、激怒した総長がこっちへ来る。

　僕以上に殴られて消耗していた舞くんは、もう抵抗する力が残っていないのかぐったりしていた。

　……っ。

　もう最悪……僕、正式なメンバーでもないのに……。

　殴られる……！

　そう覚悟した、時だった。

　倉庫の扉が、ガシャンッと歪な大きな音を立てる。

　何度も何度も、扉を蹴るような音が響いた。

　……なんの、音……？

　倉庫にいた人間の視線が、揺れている扉に集まる。

　──ガシャンッ!!

　え……扉、開いた……。鍵かかってたはずなのに……。

　倉庫の中に差した、日の光。開いた扉の先にいたのは──ひとりのキレイな女の子だった。

　だ、れ……？

　細い体、桃色の髪に水色の瞳。息をのむほどキレイなそ女の子に、目を奪われた。意識が朦朧としていたから、一瞬……天使か何かかと本気で思った。

『……私の仲間たち、返して』

　透き通るようなキレイな声。でも、怒っているのがすぐにわかる低音に、なぜかびくりと体が震える。

　この子……タダモノじゃない。そう理解するのに、時間はいらなかった。

『……っ！　来るなって言っただろ!!』

　天王寺が、その女の子を見て叫んだ。

　天王寺の知り合い……？

『あ？　お前……サラ……？』

　サラ……？

　biteの総長が、にやにやといやらしい表情で彼女に近づいた。

『実物を見るのは初めてだが、驚いた。マジでキレイな女だな』

　彼女の目の前まで歩み寄り、肩に手を置いた総長。

『なあ……お前、俺たちの仲間に……』

　――途端、そいつの体が投げ飛ばされた。

　目で追えないような速さで……彼女が背負い投げをしたから。

　一瞬何が起こったのかわからず、ぱちぱちと瞬きを繰り返す。

　……今、気づいたらbiteの総長が叩きつけられていたけ

ど……な、何が起きたの?

biteの総長は強い。最悪最低な奴だけど、そこは認めざるを得ない。

現に僕たちだって敵わなくてこのザマ。なのに……彼女はいとも簡単に、総長を抑えた。

痛みをこらえているbiteの総長の首を、とどめをさすように彼女が蹴り上げる。

蹴られた総長は、意識を手放したのかぐったりしていた。

……嘘……。

『そ、総長!!　おい!　この女を止めろ!!』

biteの他のメンバーたちは驚き固まっていたが、すぐに彼女に襲いかかった。

危ない……!と思ったけど、心配は少しも必要なかった。

まるで舞うように、軽々と動きながら、ひとりずつ倒していく彼女。ケンカをしている時に使うにはふさわしくない、"キレイ"という感情が溢れた。

す、ごい……。

大勢対ひとり。それなのに、彼女は一度も攻撃を食らわず、一方的に攻撃を当て続けている。

その目には、迷いがなく、動きにも無駄がなかった。

瞳の奥に怒りが見えるけど、いたって冷静に見える。

biteのメンバーは、少なくとも100人はいた。

彼女はその残党を……ものの数分で全滅させてしまったんだ。

あっという間の出来事に、僕は目の前で起きたことは本

当に現実かと疑った。

　彼女に倒されたbiteのメンバーたちは、みんな意識を失ったのかぴくりとも動かない。

『……これで全員かな』

　倒れた奴らを見渡し、確認するようにそう呟いた彼女。

　全員倒し終わったことを確認した彼女は、biteの総長の手足を近くにあった紐で逃げないように縛り、fatalのメンバーのほうに駆け寄っていった。

『みんな、大丈夫……!?』

　やっぱり、天王寺……fatalの仲間なのかな。

『サラ……!　危ないから来るなって、あれほど……』

『やめろって春季。ここまで助けられちゃったんだから強がれないでしょ』

『……っ』

『みんなが無事で、よかった……って、全然無事じゃない！早く手当しなきゃ……！』

　fatalと、彼女が話している光景をじっと見つめる。

　その光景がなぜか、すごく羨ましかった。

『とにかく、早くここから出よう！　警察が来るの！』

　……え？　け、警察？

『ついでにbiteを捕まえてもらおうと思って。このアジトなら証拠もたくさんあるでしょう？　しっかり縛ったから、総長は逃げられないだろうし』

『ほんと、サラはすごいな……』

『さすがfatalの参謀だ』

48

　fatalの総長や、天王寺たちが笑っている。

　さっきまでbiteにやられていた地獄絵図が嘘のように、彼女の出現が流れを変えた。fatalの奴らは、逃げるのかおぼつかない足取りで立ち上がった。

　……あ、れ？

　彼女が、なぜかこっちへ走ってくる。

　僕はそのキレイな姿を、ただ見つめることしかできない。

　天使が……近づいて、くる……。

　舞くんの目の前まで来て、立ち止まった彼女。

『大丈夫？　キミたちのおかげだよっ。頑張ってくれてありがとう！』

　nobleの奴らを見渡しながら、彼女が微笑んだ。

　その笑顔は本当に美しくて──恋をせずにはいられなかった。

　僕は一瞬で、あっけなく心を奪われたんだ。

『今、警察が向かってるの。だから逃げて！　立てる？』

　心配そうに見つめてくる彼女に、何度も首を縦に振る。

　本当は立てないほど全身が痛いけど、カッコ悪いところは見せたくなくて強がった。

『こっちに裏口がある！　早く！』

　彼女は、残っていたbite以外の奴らを全員誘導し、逃がしてくれた。

　これが、僕がサラを好きになり、サラが伝説になった日の話。

　そして僕はこの日、nobleへの正式加入を決めた。

　そのあと、biteの幹部クラスは全員捕まり、少年院に送られた。他の残党も次々と捕まり、biteは解散。繰り上がりでfatalがNo.１の座に君臨した。

　そして当時、アジトにいた奴らが"サラ"の噂を広め、サラは伝説の人に。

　しかしその日以来、fatalの幹部たちがサラを囲うようになり、サラの姿は見られなかった。

　そして……サラが街から消えたという噂が流れ、それが事実だと判明。

　行方は誰も知らないという、摩訶不思議なことになった。

　ただひとつ、サラの行方不明とともに広がったのは……サラと天王寺が付き合っているという噂。

　サラと再会することだけを考えて過ごしていた僕は、血眼になってサラの情報を調べた。

　そしてサラと同じ中学の人間を見つけ、サラが九州のほうに引っこしたという情報を掴んだ。

　天王寺の彼女という噂も……fatalの幹部クラスが認めたから、たぶん本当なんだろうという結論に至った。

　最初、天王寺と付き合ってることを知った時はショックだったけど……正直、今はどうでもいいと思ってる。

　奪えばいいんだ。今の天王寺になら、僕だって勝てる。

　あの日、サラに一目惚れしてから……僕は強くなった。

　仲間を助けられなかったころの僕とは違う。サラと肩を並べられるくらい、血のにじむ努力をしたんだ。

　こんな突然のタイミングで再会できるとは思ってなかっ

たから幸運だったなぁ。

「しらさきゆき……由姫、かぁ……」

　サラの本当の名を口にする。

　サラにぴったりの名前だ……。

　もともと、サラが本名じゃないのは知っていた。

　サラを見た人たちが勝手につけた通り名。

　意味は……姫。

　これからは、この名前で呼ばないと。

　あー……でも、蓮くんが由姫を好きになったのは大誤算だったなぁ……。お互いに、『サラは好きにならない』、『由姫のことを好きになるな』って約束したけど、意味なかったや。だって、同一人物なんて……こんなの予想外だし。

　お互い様ってことで、約束は破らせてね、蓮くん。

　ちなみに、蓮くんはbiteが解散したあとにnobleに加入した。

　圧倒的な強さで、fatalをNo.1の座から引きずり下ろした、僕が唯一勝てない相手。

　蓮くんがライバルなんて参っちゃうな……まあ、絶対に諦めてやらないけど。

　きっと明日、由姫はfatalのメンバーに会って……すべてを知ることになる。

　サラを失ったfatalが……堕落したことを。

　fatalの奴らは、他のグループとサラの接触を絶対に許さないほどサラに対して過保護だったし、みんな揃って"サラ命"みたいな感じだった。

　総長の天王寺とサラが付き合ってるなんて知ったこっちゃないみたいに、サラのことが好きな奴ばっかり。

　でも……きっと変装をした由姫を、あいつらは見抜けないだろう。

　今や"最低"としか言えないくらい成り下がったfatalのメンバーを見て、由姫は……サラは、なんて思うか……。

　ふふっ、早く由姫に幻滅されればいいんだ。あんな奴ら。

　由姫が悲しむのは嫌だけど、サラはfatalのものみたいな感じが、ずっと気に入らなかったんから。

「由姫はnobleがもらっちゃうね」

　早くこっちにおいで……由姫。

　誰よりもキミのことが大好きなのは、この僕なんだからっ。

感動の、再会？

　翌日の朝は、いつもよりご機嫌だった。

　放課後……fatalのみんなと会えるから。

「ふふっ、みんな元気かなぁ～」

　鼻歌でも歌ってしまいたいほどルンルン気分で、部屋を出る。

　教室につくと、拓ちゃん以外は揃っていた。

　拓ちゃん最近早かったのに、珍しいな……。

「おはようみんな」

　挨拶をして、席につく。

「おはよ、由姫」

「「由姫おはようっ！」」

　ふふっ、今日も弥生くんと華生くんは元気いっぱいだ。

　持ってきた教科書やノートを、机の中にしまう。

　その途中、隣の席からじっと視線を向けられている気がして、海くんのほうを見た。

　案の定、不思議そうにこっちを見ている海くんとバチリと目が合う。

「海くん？　どうしたの？」

「あ、いや……」

　何やら言いたいことがあるらしい様子の海くんに、首をかしげる。

「なあ由姫、舜先輩たちから聞いたんだけど……生徒会に

入るってほんとか？」

　えっ……！

「「……は？」」

　私が反応するより先に、後ろにいる弥生くんと華生くんが声を上げた。

　も、もう知ってるの……。

　舜先輩、仕事が早すぎるというか……。

「え、えっと……ちょっと、お仕事を手伝うことに……」

　話がこれ以上大きくならないように、それとなく伝える。

「ま、待って！　それって、noble側につくってことになるじゃん……!?」

「だ、ダメだよ由姫！　nobleの奴らと仲よくしたら！」

　なぜか慌てている弥生くんと華生くん。

「つーか、なんでだよ！　生徒会って女子禁制だっただろ！」

　え！　そうだったんだ……。

　弥生くんの言葉に、少しだけ驚いた。

「いや、俺に言われても……」

「幹部なら把握（はあく）しとけよ!!」

　nobleの人だけで形成されてるとは聞いていたけど、まさか女子禁制だったなんて……。

　じゃあ、どうして私のことを誘ってくれたんだろう？

　一瞬疑問に思ったけど、きっとそれくらい人員不足だったんだろうとひとりで完結した。

「はぁ……せっかくなら風紀に来てほしかった……。まあ、

うちも女子禁制だけど……」

　え？　風紀も女子禁制なの？

　そういえば、ふゆくんが女の子苦手だった気が……。

　ふゆくんというのは、fatalの友達のひとり、鳳 冬夜くん。

　みんなが『ふゆ』と呼ぶから、私もいつの間にか『ふゆくん』と呼ぶようになっていた。

　無口だけど、優しくて涙もろい男の子。男の子といっても、一応私よりは年上だ。

「幹部の人らあんな感じだけど、根っこはサラしか興味ありませんって感じだからな。他の女子は入れないんだろう」

　突然サラの名前が出て、驚いた。

　サラしか興味ないって……み、みんなが？

　たしかにかわいがってはもらったけど……そこまでじゃないと思うな。

「そ、そうなんだ」

　とりあえず、そう言って相づちを打っておいた。

　教室の後ろの扉が、勢いよく開く音が聞こえた。

「由姫、おはよ……！　寝坊した……」

　急いで来たのか、少し寝癖がついている拓ちゃん。

　ぴょこんと跳ねている髪がかわいくて、笑みがこぼれる。

「ふふっ、おはよう拓ちゃん」

　私は隣に座った拓ちゃんの頭に、そっと手を伸ばした。

「えっ、ど、どうしたの？」

「寝癖。……はい、直ったよ」

　すると、なぜか顔を真っ赤にした拓ちゃんは、恥ずかし

そうに目を伏せた。

「あ、ありがと……！」

　ふふっ、寝癖が恥ずかしかったのかな。

「クソ氷高め……」

「俺たちも明日から寝癖つけてこよう……」

　……ん？

　悔しそうに下唇を噛みしめている弥生くんと華生くん。

　ど、どうしたんだろう……？

「つーか、なんの話してたの？」

　えっ……。

　拓ちゃんの質問に、思わず "ぎくり" という効果音を立ててしまった気がした。

　なんの話って……生徒会に入るなんて、い、言えない。

　昨日断るって言った手前、説明が長くなっちゃう……。

「な、何もないよっ……！」

　今度改めて話そうと、今ははぐらかすことにした。

　あははと笑いながら、１限目の授業の道具を机の上に用意する。

「……」

　拓ちゃんが何か言いたげな表情で、私を見ていたことにも気づかずに……。

　やっと放課後になった……！

　楽しみにしていた分、時間が流れるのが遅く感じた。

　やっと、みんなに会える……！

　今日はまっすぐに、風紀委員の教室に向かおうっ……！

「私、ちょっと先生に呼び出されてるから先に帰るね！」

　ＨＲが終わるとほぼ同時に、カバンを取る。

　拓ちゃんが、心配そうにこっちを見ていた。

「え、俺も……」

「ひとりで大丈夫！」

　そう返事をして、立ち上がった。

「えー、もう帰っちゃうの……」

「バイバイ、また明日……」

「またな、由姫」

　寂しそうにしている弥生くんと華生くん、笑顔の海くんにバイバイをして教室を出る。

　みんな、見た目が変わってたりするかなぁ……２年たったんだから、きっと変わってるだろうな。

　身長が伸びていたり、髪色が変わっていたり……想像するだけで、会うのが楽しみで仕方なくなった。

　第３実習室と書かれた教室は、生徒会室と同じくらい大きな扉の教室だった。

「ここかな……」

　すごく広そうな教室……。

　というか、勢いで来てしまったけど……なんて言って入ろう。この先にみんながいるとして……急に入ったら不審者みたいだよね。

　それに、警戒させてしまうだろうし……いやでも、気づ

いてくれるかな？

　みんなが、『何してるのサラ！』と驚く姿が脳裏に浮かんで笑みがこぼれた。そして、勢いのまま突っ走ってしまったんだ。

「し、失礼します……」

　ドアを開け、恐る恐る中に入る。

　開けた先には誰もいなくて、まるで廊下のようになっている道を進む。

　中には扉がついた個室のような場所があり、そこから声が聞こえた。

「……あっ」

　この声は……。

「知ってる？　西園寺を袋叩きにしようとした奴らがいるらしーぜ」

　"なっちゃん"だ……!!

　でも、あれ？　なんだか不穏なことを言ってない……？

「無理無理。あいつは倒せないって。鬱陶しいけど」

　この声は……たぶん秋ちゃんのもの……。

「ほんと、消えてほしーよなー」

　きゃははと笑うなっちゃんの声に、私は背筋が凍った。

　だって……なっちゃんは、こんな下品な笑い方をする人ではなかったから……。

私の知らないみんな

「知ってる？　西園寺を袋叩きにしようとした奴らがいる
らしーぜ」

「無理無理。あいつは倒せないって。鬱陶しいけど」

「ほんと、消えてほしーよなー」

　なっちゃん？　秋ちゃん……？

　ふたりの会話に、違和感を覚えた。

　ちなみに、なっちゃんは難波夏目。秋ちゃんは千里秋
人。ふたりともfatalの友達。

　でも……私の知ってるふたりは、こんな下品な話し方を
する人じゃなかった……。

『サラ、大好き！　サラは俺のこと好き？』

『こら、サラに抱きつくな。困ってるだろ〜』

『ふふっ、大丈夫だよ』

　私たちはとくに仲がよくて、いつも３人で話していた。

　なっちゃんはかわいくって、秋ちゃんは優しい……人の
悪口を言ったり、貶めたりすることはしない。

　聞き間違いかもしれない。うん、きっとそう！

　そう思って、ふたりが話している個室に近づく。そして、
扉を開ける……。

「あ、あの……」

　そう言って、恐る恐る近づいた。

　あ、よく見るとふゆくんもいる……！

　近づいた私に一番最初に気がついたのは、なっちゃん
だった。
「……は？」
　私を見て、怪訝（けげん）そうな表情をしたなっちゃん。
「おい。お前、何？　なんで無断で入ってんの？」
　なっちゃんは立ち上がって、怖い形相をしながら私に近
づいてきた。
　その表情は、私の知らないなっちゃんだった。
　な、なっちゃん……？
「うーわ、俺、この子のこと知ってるよ。噂の編入生ちゃ
んじゃない？」
　秋ちゃんもバカにするような笑顔を浮かべながら、こっ
ちに歩み寄ってくる。
　ふたり、とも……どうしちゃったの……？
　私に、気づかない……？
「あー、そういや、んなこと言ってたな。ガリ勉っぽいわ」
　めんどくさそうに、「ちっ」と舌打ちをしたなっちゃん。
「……で、編入生ちゃんが俺らに何か用かな？」
　ほんとに、気づかないんだ……。
　仕方ないとはいえ、まったく知らない人を見るような目
にショックを受けた。
「私のこと……わ、わからない？」
　秋ちゃんをじっと見つめると、にこっと効果音がつきそ
うな笑顔が返ってくる。
「……んー、頭がおかしい子なのかな？」

　よく知っている顔。見た目は何も変わってない。それなのに……秋ちゃんが、まったく知らない人に思えた。
「なに言っちゃってんの？　気持ち悪いんだけどこいつ、こわっ！」
　なっちゃんは本気で、気持ち悪いものを見るような視線を向けてきた。
　他の人に何を言われても、クラスメイトから陰口を言われても気にならなかったけど……。
　親友だと思っていた相手に言われる心ない言葉は、ダメージが強すぎた。
　泣きそうになって、視線を下げる。
「おい、ちょっと言いすぎだって……えーっと、風紀委員になんか用事？」
　え……？　ふゆくん……。
　ずっと黙っていたふゆくんが、口を開いた。
　ふたりとは違った優しい口調に、ふゆくんは何も変わっていないことに気づく。
『サラ……そっちは危ないから、こっち側歩いて』
　いつもさりげなく気づかいをしてくれる、不器用だけど優しいふゆくん。
「はぁ……めんどくさ。こういう子は優しくしたらつけあがっちゃいそうだから、ちゃんと言わないといけないんだよ、冬夜」
　秋ちゃんはそう言ってから、再び私に視線を向ける。
　その表情が……一瞬にして冷たいものに変わった。

「気持ち悪いし鬱陶しいから、出ていってくれない？」

　……っ、秋ちゃん……。

「うぜーって。女だから殴られないとでも思ってる？　俺そういうの見境ないからな」

　追い討ちをかけるようにそう言ってきたなっちゃんは、何か思いついたように「あ！」と声を上げた。

「もしかして相手してほしい感じ？　でも無理。ブスは抱けないから」

　相手……？　抱けない……？

　わからなけど、ただ……貶す言葉を投げられたのはわかった。

『サラー！　今日も来てくれたんだっ、うれしい！』

『俺、サラと毎日会いたいな……だって、サラのこと大好きだからっ』

　昔のなっちゃんの姿が、フラッシュバックする。

　あんなにかわいくて、いい子だったのに……笑顔を絶やさない、天使みたいで……。

　今すぐこの場から逃げ出したいと思った時だった。

　──バタン。

　扉が開いて、ひとりの男の人が入ってくる。

「あっ……」

　春、ちゃんっ……。

　春ちゃんなら、きっと気づいてくれるはず……。

　すがるような気持ちで、春ちゃんのほうを見た。

　スタスタとこちらに近づいてきて……私を見て、立ち止

まった春ちゃん。

　じっと私を見つめた春ちゃんの姿に、気づいてくれたの
かもしれないと期待したのもつかの間だった。

「……おい、なんだこれ」

　私から視線を逸らして、fatalのみんなにそう聞いた春
ちゃん。

　……春、ちゃん……？

　もう私の存在なんて見えていないかのように、ソファの
ほうに歩いていく春ちゃんの背中。

「ま、待って……」

　春ちゃん、私だよ……！

『"サラ"がどこにいたって、俺が見つけてやるから』

　ここにいるよ……。

　ゆっくりと、振り返った春ちゃん。

　ゴミを見るような目で私を見下ろして……。

「ブスは俺に話しかけてくるな」

　聞いたことのないような低い声で、そう言った。

「……っ」

　ねえ、春ちゃん。

　どっちが……本当の、春ちゃんなの……？

　毎日電話をくれる、優しい春ちゃんが本当？

　それとも……――今私の目の前にいる春ちゃんが、本
当……？

「おい春季、今日も女遊びかよ」

「いつもいつも遅刻って、困るな～」

「……うるせー」

　もう私をいないものとして、会話をしているなっちゃんと秋ちゃんと春ちゃん。

　女遊び……。

「ほんっとサイテーやろーだよ、お前。サラにチクるぞ」

　なっちゃんの口から出た"サラ"の2文字に、びくりと肩が跳ねた。

「……殺すぞ」

　室内に響く、春ちゃんの低い声。

　その場に自分がいるのに、自分の話をされてるなんて、不思議だな。

　みんな……私のことを、忘れたわけではないのかな。

　こんな状況なのにちょっとだけ安心したなんて、変なの。

「あ？　殺してみろや」

「まあまあ、夏目だってたいがい女癖悪いだろ」

「お前もな」

　楽しそうに話しているなっちゃんと秋ちゃんの声を、ただぼうっと聞くことしかできない。

「……で、キミいつまでいんの？　fatalはブスお断りだよ」

　その場から動けずに立ち尽くしていると、秋ちゃんが再び私へと近づいてきた。

「……おい、いい加減引きずり出すぞ」

「……」

　秋ちゃん……そんな低い声で言われたって、全然怖くないよ。

　だって私、秋ちゃんより強いもん。

　でも……。

　胸がとっても、痛いよ……。

『サラ、甘いもの買ってきたからこっちおいで』

『俺のこと、いつでも頼っていいからね』

　優しくて、頼りになるお兄ちゃんみたいな存在だった。

　……こんなこと言う人じゃ、なかったのに……。

「おい、やめろって……」

　ふゆくんが、秋ちゃんの肩を掴んで私から離した。すると、面倒くさそうに春ちゃんたちのほうへ戻っていった秋ちゃん。

「大丈夫か、あんた……」

　ふゆくんは優しい声で言って、私の顔を覗き込んでくる。昔と変わらないその声色に、ずっと我慢していた涙が溢れ出した。

「ふゆ、くん……」

「……っ、え?」

　ふゆくんが、ひどく動揺したような声を出す。

　よかった……ふゆくんだけでも、変わらないでいてくれて。ふゆくんは、ずっとそのままでいてね……。

「ちょっと……!」

　引き止めるふゆくんの声を背に、私は教室を飛び出した。

　とにかくひとりになりたくて、無我夢中で走った。

　走って走って走って……気づけば、昨日南くんと話した

生徒会寮の裏庭に来ていた。

　ここなら、きっと誰もいない……。

　ここに来るまでも、幸い知った人には会わなかった。

　本当は自分の部屋に戻りたかったけど、途中で誰かに会いたくない。こんな情けない顔……誰にも、見られたくない……。

「みんな……どうしちゃったの……」

　冷たい目、ひどい言葉。かけられたもの、向けられたものが頭から離れない。

　fatalのみんなは、優しくて、温かくて……。

『fatalという族に所属している奴には極力近づかないほうがいい。奴らは野蛮だからな。何かあればすぐに手が出るし卑劣な方法を使ってくる。巻き込まれると危ない』

　……っ、違う……。

『……由姫が引っこしてから、1年くらいは大人しかった。でも、それ以降……あいつは嫌な噂しか聞かない』

『まあ、このふたりみたいに、fatalはちょっと血の気が多い奴が結構いてさ……』

『この学園の風紀委員はfatalのメンバーで構成されているんだが、一番風紀を乱しているのはあいつらだ』

　……私が、見えてなかっただけなんだ……。

　私が見ていたものは、偽物だったんだ……っ。

『おい春季、今日も女遊びかよ』

『……うるせー』

　春ちゃん、否定しなかった……。

　あの日、女の子に囲まれている光景は本当だったんだ。

　私が大好きな春ちゃんは——いないんだ。

「っ、うっ……つぅ……」

　涙がとめどなく溢れ出して、どうしようもなかった。

　自分が見たものを……そう簡単には受け入れられそうに

なかった。

　私は誰もいない場所で、ひとり声を押し殺して泣いた。

歪んでしまった愛

【side春季】

サラ。

俺の心臓を唯一、揺さぶる存在。

唯一無二の存在。

初めて出会ったのは、中3の終わりごろ。

暴走族とかなんだよそれ……と思っていたが、西学にいる以上はどこかのグループに属したほうがいいと言われていて、夏目に引っ張られるまま適当にfatalに入った。

初めて行ったアジト。そこに……サラがいたんだ。

一目惚れだった。

俺も……他の奴らも。

サラは知れば知るほど完璧で、欠点を探すほうが無理だった。

誰よりもキレイで、健気で、優しくて、純粋で、頭も切れるしケンカも誰よりも強い。

その時の総長とサラが仲がよく、総長はサラを本当にかわいがってた。

サラに手を出すなと言われていた手前、誰も手出しはできなかったけど、俺は総長の目を盗んでサラに近づいた。

いつも総長から甘いものをもらい、喜んでいたサラ。

『なあ、甘いの好き？　俺、おいしいケーキある店知って

るけど』

『えっ……ほんとに？』

　餌
え
づけのようにサラを誘い出し、幾度となくふたりでスイーツを食べに行った。

　甘いものは大の苦手だけど、サラの前では好きなふりをした。

　俺は優しい男でもなんでもないけど、サラの前ではとびきり優しい男を演じた。

　好きになってもらうために、なんでもした。

　サラのためならなんでもできた。

　biteを倒す作戦を立てた日。

　もし捕まれば何をされるかわからなかったから、fatalの連中は全員、サラには出撃を禁止した。

　決行日も秘密にしたのに、サラは言いつけを破ってアジトに乗り込んできた。

　しかも、一般人のふりをして警察に『biteに捕まりそうになっている』と連絡を入れ、すべてひとりで計算をして。

　おかげでbiteは潰れたし、あの日のケガ人も最小限ですんだ』

　ひとりで大勢の奴らを倒したサラの姿は本当に美しいの一言で……いったいあの日、何人の人間がサラに魅
みりょう
了されたのかは計
はか
り知れない。

　俺はあの日、サラを絶対に俺だけのものにすると改めて心
ちか
に誓った。

　サラから突然引っこすと言われた時は、ひどい焦燥感に襲われた。サラがいなくなるなんて、耐えられない。

　次はいつ会える？　連絡はくれる？

　というか、ただの友達の俺なんて、このままじゃ疎遠になるんじゃないか……？

　当時サラはスマホを持っていなかったし、このままじゃ連絡手段だって途絶えてしまう。

　もっと仲を深めてからと思っていたが、焦って口から出た勢い任せの告白。

　でも……サラはそれに、頷いてくれた。

　サラが自分の恋人になった日は、うれしすぎて眠れなかった。

　サラの本名も知ることができた。

　由姫。サラにぴったりの、キレイな名前。

　本当は由姫と呼びたかったけど、他の奴にバレたくないからやめた。

　サラの本名を知っているのは俺だけでいいし、口をすべらせて名前を呼んでしまいそうになるから。

　サラが……由姫が、俺の彼女になった。

　この世のすべてを手に入れたみたいな気分になるほど、うれしくてうれしくて叫んでしまいたいほどだった。

　しかも、引っこしはあまりに突然の決定だったため、サラは俺以外のfatalのメンバーに伝えることができなかったらしい。

　俺にとってそれは……あまりに"好機"だった。

　　fatalのメンバー……とくに、夏目と秋人は厄介だった。
サラのことを溺愛していて、いつ取られるかと恐れていた
から。

　　だから……こいつらからサラを遠ざけるチャンスだと
思った。

　　サラは俺に、家の連絡先と引っこす事実をみんなに伝え
てくれと頼んできた。

『みんなにちゃんと伝えられなかったから……お願いして
もいい？』

『うん、もちろん。ちゃんと伝えておく』

　　俺は、嘘をついた。

　　サラがいなくなって数日がたった時、アジトがようやく
ざわつき始めた。

　　今までなら少なくとも週に一度は来ていたサラが来なく
なって、10日がたったから。

『おい春季、サラ知らない？』

　　他人に興味がないくせに、サラに関しては過保護極まり
ない秋人。

『……引っこした』

『……は？』

『10日前に』

　　あの時のfatalの奴らの反応は、面白かったな。

　　俺だけが知ってる優越感は、たまらなく気持ちよかった。

『なんで俺らに言わないで、お前だけに……』

　夏目はショックを受けた顔で、俺を睨みつけていた。

『俺とサラ、付き合うことになったから』

　俺の告白に、騒然とした一同。

　揃って顔を真っ青にして、この世の終わりみたいな顔をしてた。

『サラの連絡先教えろ』

『知らねー』

『はあ？　知らないわけねーだろ!!』

『知らねーって言ってんだろ』

『……っ、お前……』

　夏目は今にも殺しかかってきそうな顔で俺を見ていた。

　たぶん、俺が意図的に隠そうとしていることを悟（さと）ったんだろう。

『……いい、自分で調べる』

　俺が絶対に吐かないとわかったのか、夏目は諦めて調べる手段をとった。

　もちろん、そっちも対策ずみ。

　サラの情報にいくつもロックをかけて、ハッキングできないようにもした。

　そのくらい、俺はサラをひとりじめしたかった。

　好きで好きで……俺にとってのすべてだから。

　結局、２年たった今も、夏目やサラを探している他の奴らはサラの情報を掴めずにいる。

　それに安心しつつも、俺にも変化があった。

　サラと会えない月日が長くなるたび……会えない寂しさに耐えきれなくなってきた。

　付き合えた時は、恋人になれた事実だけで満足できたのに……次第に、それだけでは足りなくなった。

　会いたい。会いたくて仕方なくて……。

　サラが引っこして1年がたったくらいの時、俺は他の女をサラの代わりに使うようになった。

　いわゆる性欲処理。

　俺のこの顔に、群がってくる女は山ほどいた。

　その中で、サラに身長と髪の長さが似ている奴を選んだ。

　俺が抱く女に出す条件は、"声を出さないこと"。

　他の女のことを『サラ』と呼んで、寂しさを埋めるように抱いた。

　そんなことをしたって満たされないし、本当に抱きしめたいのもそばにいてほしいのもサラだけだったけど、少しは気が紛れた。

　罪悪感もあったけど……でも、俺が愛しているのはサラだけ。

　この気持ちが揺らいだことはないし、サラがそばにいてくれるなら……他の女を代用したりしない。

　こんなこと、したくてしてるんじゃない。

　サラの前で、優しい男でい続けるために……サラに俺の汚い感情を押しつけないために、他の女で吐き出してるだけだ。

　いったい、いつになったら会えるんだろう。

　サラと当たり前のように会えるようになるまで……あと
どれだけ、電話ごしの『おやすみ』を交わせばいいんだ。
　なあサラ……俺、そろそろ限界なんだ。
　もう会いたくて、頭がおかしくなりそう。

　いつものように、女を代用してfatalの集まりに向かう。
　面倒極まりないけど、行かねーと冬夜が鬱陶しいから。
　あいつはいつも、fatalとしてちゃんと活動しろと説教
をしてくる。
　fatalなんて、どうでもいい。
　仲間とかそんなもんいらない。俺には……サラだけでい
いのに。
　教室に入ると、知らない女がいた。
「あっ……」
　俺を見るなり、すがるような顔をしてくるその女。
　分厚いメガネをかけていて顔は見えないが、表情で伝
わってきた。
　……なんだ、こいつ。
　髪はなんか硬そうだし、引くほど地味。
　ただ……背丈と声が、サラに似ていた。
「……おい、なんだこれ」
　無視してソファに座ろうとすると、引き止める声が聞こ
えた。
「ま、待って……」
　……ああ、うざい。

　声がサラに似ていることが、さらに俺を苛立たせた。

　会いたくてどうしようもない感情が……また膨らんでしまう。

「ブスは俺に話しかけてくるな」

　とっととその女を追い払いたくて、睨みつける。

「……っ」

　ショックを受けたその表情に……一瞬、見覚えがあるような気がした。

　……いや、こんな地味な女知らねーか……。

「おい春季、今日も女遊びかよ」

「いつもいつも遅刻って、困るな〜」

「……うるせー」

「ほんっとサイテーやろーだよお前。サラにチクるぞ」

　……あ？

「……殺すぞ」

　俺が他の女を相手にしていることは、こいつらは知っている。

　でも、こいつらがサラに言えないこともわかってる。

　理由はふたつ。こいつらはサラとの連絡手段がないこと。

　もうひとつは……俺もこいつらの秘密を握っているということ。

「あ？　殺してみろや」

「まあまあ、夏目だってたいがい女癖悪いだろ」

　秋人のセリフに、夏目は顔をしかめた。

　そうだ。お前だってサラに猫かぶりがバレたら困るだろ。

　秋人だって……ストーカー並みに毎日サラのことを調べ
てる。その証拠だって持ってるから、告げられて困るのは
全員一致していた。

　唯一、冬夜に関しては何もないが……こいつは何があっ
ても言わないだろう。

　重度なサラの信者だから、サラが傷つくとわかっている
ことは絶対に言わない。

「……で、キミいつまでいんの？　fatalはブスお断りだよ」

　秋人が女を追い出しているのを、遠目から眺める。

「……おい、いい加減引きずり出すぞ」

　こいつもたいがい性格がクソだ。

　冬夜はかばっていたが、女は逃げるように教室を出て
いった。

　なぜか女が去っていったあとを、じっと見ている冬夜。

「おい冬夜、なに突っ立ってんだよ」

　夏目の声に、振り返った冬夜の眉間にシワが寄っていた。

「いや、今の子……なんか、サラに……」

「……あ？」

　……なに言ってんだ、こいつ。

　頭イかれてんのか……？

「いや、何もない」

　俺の機嫌を察したのか、先の言葉をのみ込んだ冬夜。

「ふゆくんって……聞き間違えか……？」

　ぼそっと何か言っているけど、俺の耳には届かなかった。

「なあ春季。いい加減サラから連絡ないの？」

「ない」

　会うたびに聞いてくるしつこい秋人に、いつもと同じ返事を返す。

「嘘つけ……ちっ、クソ束縛独占欲男」

　夏目が心底鬱陶しそうにしてるけど、わかってるなら聞くんじゃねー。

　俺がサラのことを、他の男に教えてやるわけないだろ。

「あ〜、会いたい。どこにいんだよサラは……」

　……ちっ。

　俺だって会えてないんだ、お前らが会えるわけねーだろ。

　夏目の言葉に、苛立ちが募る。

「お前は適当な女とでも遊んでろ」

　そう吐き捨てるように言ってやった。

「あ？　言っとくけど、お前と付き合ってるからって誰もサラのこと諦めてねーからな」

　……んなこと、言われなくてもわかってる。

　fatalの人間だけじゃない。

　つーか、一番厄介なのはnobleの幹部３人。

　あいつらはずっと要注意してるし、いつまでたっても諦めないから目障り極まりない。

「連絡手段も持ってない奴がよく言うな」

　そう強がったことを吐いても、正直サラがいつ誰かに取られるかと気が気ではない。

　転校先でも絶対にモテているだろうし、このまま会えない日が続けばまずいと危機感は募るばかりだった。

　最寄りの駅は知っているから、直接会いに行ってしまおうかとさえ思ってる。

　サラは、交通費が高いからとか会えなくても気持ちがあれば大丈夫とか言ってるけど……そんなの無理だろ。

　サラが心変わりすることが、俺は一番怖いよ。

　サラに会えるためなら……俺は交通費とかそんなもんどうでもいいし、親の金がダメって言うならバイトだってなんだってするのに。

「あー、春季クソうぜぇ!!　お前のその浮気癖、俺らがサラに告げ口しないとでも思ってる？」

「じゃあ、お前らのそのクズっぷりを俺が言わないとでも思ってんのか？」

「なるほど、チクられて困るのはお互い様ってね。……ははっ、参った。……お前、ほんとクソうぜぇわ」

「やめろって。こんな状況、サラが見たら悲しむ」

　口々に殺気交じりの発言を繰り返していると、冬夜がため息をついた。

「俺様が、サラの前でそんなヘマするわけないだろ」

　夏目の偉そうな言い方が気に入らないが、そこは同意だった。

　サラの前では、いつだって完璧な優しい "春ちゃん" でい続ける。

「ほんとだよ。俺の優しさはサラのために存在するもん。俺がサラと付き合えたら、他の女なんか抱けないね」

　知ったような口をきく秋人に、ブチッと何かが切れた音

がした。

「……あれはサラの代わりだ」

「サラの代わりなんか、誰にもできるわけねーだろ」

　……んなことは、俺が一番わかってる。

　なあサラ。

　次はいつ会える？

　こんなにも会いたいのは俺だけ？

　俺は……サラさえいればそれでいいのに……サラは違う？

　どうやったら、同じくらい好きになってくれる？

　この時の俺は……何もわかっていなかった。

　サラがちゃんと、俺と会いたいと思ってくれていたことも、俺のために……動いてくれていたことも。

　誰よりも会いたいと思っていたサラが……こんなにも近くにいたことも……。

　——気づいた時には、もうすべてが手遅れだった。

ROUND＊06
温もりに包まれて

腕の中

　いつまでたっても涸れない涙は、夕日が沈んでも止まる気配はなかった。

　悲しくて、ただただ悲しくて仕方なかった。

　暗い場所は怖くて苦手だったけど、今日はちょうどよかったかもしれない。

　こんな場所に、私以外の人は来ないだろうし……もし誰かが通りすがっても、見えないだろうから。

　私、きっと今すごく惨めだなぁ……。

　春ちゃんに、fatalのみんなに会いたくてこの学園に来たのに……気づいてももらえなかった。

　みんなのあんな顔……知りたくなかったな。

　でも、知らないままよりかはよかったのかな……。

　裏切られたとか、そんなことは思わない。

　でも、ショックが大きすぎた。

　春ちゃんの浮気も、本当だってわかって……これから、どうしたらいいんだろう。

　このまま何もなかったように付き合い続けるなんてできないし、今さらサラの姿でみんなに会うのも無理だ。

　どんな顔していいか、わからないもん……っ。

　ごしごしと、涙をこする。また新たな涙が溢れてきて、キリがなかった。

　私が信じていたものは、なんだったんだろう。

　初めから、私に仲間なんて……いなかったのかな……。

「……由姫？」

　——え……？

　背後から声がして、反射的に振り返る。

　そこにいたのは……。

「蓮、さん……」

　どうして、こんなところにいるの……？

　薄暗くて、表情はわからない。

　でも、月の光に反射しているキレイな髪、暗闇に映える瞳の色が蓮さんだった。

「……っ、どうした……!?」

　私の顔を見た蓮さんが、すぐに駆け寄ってきてくれる。

　どうして泣いているのがバレたんだろう。

　蓮さんは私の顔を覗き込むように、目の前でしゃがみ込んだ。

「誰かに何かされたか……!?」

　頭にそっと置かれた手から、蓮さんの優しさが伝わってくるみたいで、相変わらず止まらない涙。

「……っ、大丈夫か？」

　ひどく心配している瞳と目が合って、胸がぎゅっと苦しくなった。

　fatalのみんなは、私のこの格好が気持ち悪いって言ったけど……そういえば蓮さんには、そんなこと言われたことないな……。

　私なんかを心配してくれるなんて、優しいな……っ。

「わ、たし……何も、見えてなかったんです……」

　こんなこと言っても、蓮さんを困らせるだけなのに。

　主語も何もないセリフが伝わるわけないのに、自然と口からこぼれていた。

　本当に、何も……見えてなかった自分が、情けない。

　きっと春ちゃんは気づいてくれると信じて疑わなかった自分が、恥ずかしい……。

「……」

　蓮さんは何も言わず、じっと私を見つめていた。

　と思ったら、急に立ち上がり、上着を脱いだ蓮さん。

　それを、私の頭にかけてきた。

　えっ……？

　突然のことに驚いたのもつかの間、体をふわりと抱き上げられる。

「こんな暗い場所にひとりでいたら危ない。部屋行くぞ」

　……もしかして、顔を隠してくれてるのかな……？

　蓮さんの上着のおかげで、私の姿は見えない。

「……泣いていいからな」

　降ってきた優しい声に、胸の奥がジンと温かくなった。

「れん、さん……」

　触れた胸から、温もりが伝わってくる。

　それが引き金となって、涙が嵩を増した。

「……っ、うっ……」

　泣いちゃダメだ……心配かけちゃいけないのに……。

「……大丈夫だ」

84

　蓮さんの優しい声に、止まらなくなる。

　蓮さんは私をかかえたまま、その場から移動した。

　私はぎゅっと蓮さんの胸にしがみつきながら、声を押し殺して泣いた。

　メガネを外して涙をぬぐう。

　上着をかぶっているから、今どこにいるかはわからなかった。

　ただ、エレベーターに乗ったことだけはわかって、蓮さんが鍵を開けた音も聞こえた。

　ゆっくりと、ふかふかのベッドの上に下ろされる。

　ここは……蓮さんの、部屋……？

「ちょっと待ってろ」

　私を下ろして、蓮さんはいったん部屋から出ていってしまう。

　すぐ戻ってきた蓮さんの手には、真っ白のタオルが握られていた。

「由姫、肌が傷つくからタオル当てとけ」

　私が涙を拭っていることを心配してくれたのか、顔にそっとタオルを当ててくれる蓮さん。

　タオル、ふわふわだ……。

　あっ……また、涙が……ダメだ、今優しくされたら、涙が止まらなくなりそう……っ。

　自分がこんなに弱い人間だったなんて。ほんと、情けないや……。

　タオルで顔を隠そうとした時、蓮さんが私の肩を引き寄

せた。

　再び抱きしめられ、温かい腕に包まれる。

「……大丈夫だ。もう誰もいないから、好きなだけ声出していい」

　……っ。

　そんなに、優しくしないでほしい……っ。

　もう今の私は、涙腺が緩みきってしまっていて……。

「気がすむまで泣けばいい。ここにいるから」

　だから……お願いだから、そんな優しい声で言わないで。

「っぅ……ひっく……」

「大丈夫、俺がいる」

　蓮さんの声が、言葉が、すっと心に染み込んでいく。

　こらえていたものが全部溢れ出してしまって、もう自分ではどうにもできなかった。

「うぁっ……っ……うわぁぁんっ……」

　私は蓮さんの腕の中で、子供のように泣きじゃくった。

　蓮さんは何も言わず、ただずっと抱きしめていてくれた。

最後の涙

　声を出してたくさん泣いたらすっきりして、涙がようやく止まった。

　タオルで涙を拭いて、顔を上げる。

「と、止まりましたっ」

　蓮さんに報告すると、何かおかしかったのか、蓮さんはくすっと笑った。

「そうか」

　大きな手が伸びてきて、頭を撫でてくれる。

　なんだか、蓮さんには甘えっぱなしな気がするな……。

　というか、いつも甘やかされてる気がする……。

　私はあんまり人に甘えるのが得意じゃないけど、蓮さんには自然と甘えてしまう包容力がある。

　今日も……あのままひとりで泣いていたら、きっと朝まであそこにいたかもしれない。

　蓮さんがいてくれて、よかった……。

　蓮さんは私を見ながら、心配そうに目を細めた。

「……なあ、誰かになんかされたわけじゃないのか？」

　泣いた理由を話していなかったから、誰かに攻撃されたんじゃないかと心配をかけてしまったらしい。

「は、はい、違います！　平気です……！」

「そうか……」

　私の返事に、蓮さんはほっとしたように息を吐いた。

「ならいい。もし誰かに危害を加えられたら、すぐに俺に
言え。そんな奴がいたら抹殺してやる」

　ま、抹殺……!?

　さすがに言いすぎだと思ったけど、蓮さんの気持ちは伝
わった。

　……って、私、抱きついたままだった……！

　はっと我に返って、蓮さんから離れる。

「どうした？」

「す、すみません、抱きついてしまって……」

　謝ると、蓮さんは "なんだそんなことか" と言うように
笑った。

　私の手を引っ張って、隣に座らせた蓮さん。

　少しの間、室内に沈黙が続く。

「……聞かないんですか？」

「ん？」

「な、泣いてた理由……」

　何も聞いてこない蓮さんが不思議で、そう尋ねる。

「言いたくないことは言わなくていい」

　蓮さんは、再び私の頭を撫でてそう言った。

「ただ、由姫の心が落ちつくまではそばにいさせてくれ。
心配だから」

　……蓮さん。

「どうしてそんなに優しいんですか……？」

　気になって仕方なくて、また質問を投げる。

　蓮さんは素敵な人だ。

　見た目も、そして内面も。

　だから……どうして私みたいななんの取り柄もない人間によくしてくれるのか、わからない。

　今日、fatalのみんなに言われた言葉。

　気持ち悪いとか、ブス、とか……傷ついたけど、言われて当然だと納得してしまった自分がいた。

　きっと、みんなの反応が普通の反応だと思う。

　こんな地味な容姿だし……今は仲よくしてくれているけど、弥生くんと華生くんも初めのころは私のことを毛嫌いしてたもの。

　舜先輩や滝先輩、海くんも……みんな優しくしてくれるけど、蓮さんはそれ以上だ。

　まるで妹みたいに、過保護なくらい優しくしてくれる。

　それが……不思議で仕方ない。

「相手が由姫だからだろうな」

　まるで当然のことだと言わんばかりの態度の蓮さん。

　全然答えになってないけど……。

　でも、そんなふうに言ってもらえることが、今はすごくうれしかった。

「由姫が泣いてたら、放っておけない」

「……」

　変わった人だなぁ……。

　でも、涙が止まったのも、今こうやって冷静に考えていられるのも……全部蓮さんのおかげ。

「泣いていた理由が気にならないって言えば嘘になるけど、

強制はしない。俺のそばにいることを、窮屈に感じられた
くないからな」

　どこまでも気づかってくれる優しさに、自然と笑みが溢
れてしまう。

　ぽっかり空いた穴に蓋をしてくれるように、ただそっと
そばにいてくれる。

「あの……」

　自然と、口が開いていた。

「じつは私……恋人が、いるんです……」

　蓮さんには、ちゃんと話そうと思った。

「……っ」

「蓮さん？」

　なぜかひどく動揺した様子の蓮さんに、首をかしげる。

「いや、続けていい」

「えっと……この学園に来たのは、昔の友達や、その恋人と、
同じ高校に通いたいっていう理由からで……」

　こんな理由……呆れられないかな？

「この高校の奴なのか？」

「は、はい」

　少し不安に思ったけど、蓮さんはそれよりも同じ高校に
恋人がいることに驚いている様子だった。

「今日……その人が、浮気していることを知っちゃったん
です」

「……は？」

　蓮さんの切れ長の目が、大きく見開く。

「それで、ちょっと泣いてしまって……」

　なんだか、口に出すとちっぽけな情けない話に感じる。

　こんな話聞いても、浮気されているのに気づかなかった哀れな女だ、くらいにしか思われないよね。

「ご心配かけて、すみません」

　最後にそう謝って、話を締めくくった。

　けれど、蓮さんは納得がいかないような表情で問い詰めてくる。

「浮気？　相手がか？」

「は、はい」

「……そいつのクラスと名前は？」

　そ、それを聞いて、どうするつもりなんだろう……。

　さすがに"天王寺春季です"なんて言えるわけもなく、あははとごまかす。

「私の前ではすごく優しい人だったんですけど、本当は、そんなことなかったみたいで……見抜けなかったなんて、情けないですよね……」

　ああ、ダメだ……またちょっと、泣きそう。

　こんなに涙が止まらないのは初めてで、感情のコントロールの仕方を忘れてしまったみたいだ。

　表情を悟られないように、視線を下げた。

「……そんな男、やめとけ」

　頭上から聞こえた、蓮さんの苦しそうな声。

「由姫はもっと、大事にされるべき女だろ」

　ほんと、私のどこを見てそんなふうに思ってくれている

んだろう。
「……ふふっ、そんなふうに言ってくれるのは蓮さんくら
いですよ」
　春ちゃんも、きっと……。
　私じゃ、役不足だったんだろうな……。
　春ちゃんを囲んでいた女の子たち、みんなかわいかった。
　だから、心変わりされたって当然で……。
「笑うな」
　……え？
「そんなクズ男のために笑うな。惑わされるな」
　蓮さんは、私の両肩を掴んでまっすぐに見つめてきた。
「俺がいい女だって言ってるんだから自信持て、な？」
「……っ」
　……蓮さんがそう言ってくれるなら、少しは……そう
思ってもいいのかな……。
「そうだ、悲しい時は泣け」
　気づけばまた、私の頬を濡らしていた涙。
「泣いてばっかりで、すみません……」
　俯いて謝る私の肩を引き寄せ、蓮さんはさっきのように
抱きしめてくれた。
「謝るな。俺の胸なら、いつでも貸してやる」
「ふふっ、予約いっぱいじゃないですか……？」
「バカ言え。由姫専用だ」
　涙は流れているけど、もう悲しくはない。
　これはたぶん……最後の涙。

　春ちゃんを想って流す、最後の。

「私が、彼をああさせちゃったのかな……」

「自分のことは責めるな。相手の非を、かぶってやる必要なんかない」

　そっか……。

「辛かったな」

　蓮さんの服をぎゅっと握りしめて、しがみつくように頭を預ける。

　もう、私の中に悲しみや寂しさはなかった。

　蓮さんの温もりに目を瞑って、私は静かに、残っていた最後の涙を流した。

誓い

【side蓮】

　俺には、俺を捨てた母親がいる。

　捨てたといっても、親父と別れて他の男と出ていっただけだが。

　もともと一般人だった母親に、父親の家庭は窮屈すぎたらしい。

　その母親は定期的に、俺宛てに食いもんや服、アクセサリーなんかを送ってくる。

　母親として何かしたいという、勝手な罪滅ぼしだろう。

　今まで、母親から送られてきたものはすべて捨てていた。

　でも……。

『今有名なお店のタルトケーキです。おいしいから蓮くんにも食べてもらいたくて』

　そう書かれた手紙を見て、ゴミ箱には捨てず冷蔵庫に突っ込む。

　……由姫、食べっかな……。

　甘いものが好きな由姫。この前母親から届いたプリンをあげたら、喜んでいた。

　あの笑顔が見られるなら、母親からのものは受け取らないなんてちっぽけなプライドは一瞬にして捨てられる。

　部屋を出て、由姫の部屋のインターホンを鳴らす。

　応答はなく、まだ帰っていないのかと引き返した。

　由姫のＳＮＳに、【ケーキあるから食べに来るか？】と連絡を入れておいた。

　……餌づけみたいだな、これ。

　それにしても……由姫が生徒会に入ることになるとは思わなかった。

　今日の朝、教室で舞から報告を受けた。

『由姫が承諾してくれたぞ』

『あ？』

『生徒会、入ってくれるそうだ』

『……そうか』

　由姫はお人好しだから断らないだろうなとは思っていたが……少しだけ、複雑だ。

　正直、由姫に会える時間が増えるのは喜ばしい。

　ただ、生徒会は野郎ばっかりだ。

　あんなにかわいいのがいたら、俺以外にも由姫に惚れる人間が出てくるに違いない。

　……そんな奴がいたら、問答無用で追い出すけど。

　まあ、幹部の奴らは"サラ"という女に首ったけみたいだから、平気か。

　……つーか、既読がつかない。

　送ってから30分はたったぞ。

　……なんかあったのか？

　クラスの奴らとでも遊んでるんだろうと思ったけど、心配になった。

　スマホくらい見るだろうし……1回、電話してみるか。

　出てくれればそれでいい。別に返信を急かしたいわけでもない。ただ……この学園は女子生徒にとって多少危険だから、安全を確認したい。

　──プルルル、プルルル。

　……出ない。

　おかしい……。

　もう一度返ってきているか確認したが、やっぱり応答はない。

　胸騒ぎがして、俺は寮を出た。

　由姫のクラスは2─S。

　基本的に他学年の教室に行くのはタブーらしいが、んなこと今はどうでもいい。

「え……あ、あれ、nobleの……！」

「嘘っ……！　あ、あたし、実物初めて見た……！」

「な、なんで2年の教室に!?」

　鬱陶しい視線をかき分け、由姫のクラスへ急いだ。

　教室について、中を覗く。

　……いない。

「れ、蓮先輩……？」

　……あ？

　聞き覚えのある声に視線を移すと、そこにはnobleの奴がいた。

　たしか……新堂だったか。

　舜が目にかけている奴だ。

そういえば……由姫がこいつと仲いいって言ってたな。

新堂のまわりには、そっくりな顔の奴がふたりいて、たぶん勉強中か何か。

「ど、どうしたんですか……？　うちの教室に用事ですか？」

「由姫、どこだ？」

慌てた様子で駆け寄ってきた新堂に聞けば、驚いたようになぜか瞬きを繰り返している。

「え……ゆ、由姫？　……由姫なら、用事があるって帰りましたけど……」

……用事？

「……そうか。助かった」

もうこの場所に用はないから、とっとと来た道を戻る。

「あんな焦ってる総長、初めて見た……」

急いでいる俺に、新堂のひとり言は届かなかった。

用事ってなんだ……？

職員室？　生徒会は……今日は閉まっている。

何かに巻き込まれたんじゃないかと、正直気が気じゃなかった。

俺は校内をくまなく探しては寮に戻って帰ってきているかを確認。それを繰り返し、必死で由姫を探した。

……いない。

絶対おかしい。

どこにいるんだよ……っ。

　電話も何回しても繋_{つな}がらない。もう校内全部探し終わったぞ……。

　日が沈み、空には月が浮かんでいる。

　いよいよまずいと思い、nobleの奴らを招集しようかと思い始めていた。

　いや……親父に言って、校内放送でもなんでも使って探すべきか……。

　親父に頼るなんて虫酸_{むしず}が走る行為は今まで思いつかなかったのに、今は手段を選んでいられない。

　由姫、どこだ……。

「……っ、ぅ……」

　最後に確認しに行こうと、寮に入ろうとした時だった。

　どこかから泣き声のようなものが聞こえて、耳を澄ます。

　その声をたどっていくと、寮の裏庭に出た。

　暗くてよく見えない。

　ただ……ベンチの上で小さく丸まっている背中があることはわかった。

「……由姫？」

　そう呼ぶと、ゆっくりと振り返ったその背中。

「蓮、さん……」

　……っ。

　月の光が反射して、きらりと光った涙。

　俺は急いで由姫に近づいて、顔を覗き込んだ。

「……っ、どうした……!?」

　ケガがないか、すぐに確認する。

　見たところはなかったが、泣いているってことは何かあったんだろう。

「誰かに何かされたか!?」

　見つかったことに安心する間もなく、心配でたまらなくなった。

　由姫は何も言わず、ただ涙をこらえるように下唇を噛んでいる。

　由姫にこんな顔をさせたのは誰だ。

　顔もわからないその相手に、強い怒りを感じた。

「……大丈夫か？」

　でも、今感情的になるのは違う。

　とにかく不安そうな、ひどく悲しげな由姫が心配で、優しい口調で聞く。

「わ、たし……何も、見えてなかったんです……」

「……」

　何があったかはわからなかったが、由姫にとってとてつもなく辛いことがあったのだろうと察した。

　俺は自分の着ていたジャケットを脱いで、由姫の顔が隠れるようにかぶせた。

　ジャケットごと、由姫を抱きかかえる。

「こんな暗いところにひとりでいたら危ない。部屋行くぞ」

　体も冷えているし……暖かい場所に連れていったほうがいい。

　月夜の下にいたって、寒いだけだ。

「……泣いていいからな」

　それだけ言って、俺は部屋へと急いで帰った。

　由姫の部屋に送ったほうがいいのかもしれないと思ったが、こんな状態の由姫をひとりにはしておけなくて、俺の部屋に連れてくる。

　部屋につくまでの間、由姫はずっと声を押し殺して泣いていた。

　その姿がかわいそうで、見ていられない。

　いったい誰が、由姫をここまで傷つけたんだ。

　……許せない。

　俺は自分のベッドに由姫を座らせ、タオルを取ってくる。

　それを由姫に渡して、そっと抱き寄せた。

「……大丈夫だ。もう誰もいないから、好きなだけ声出していい」

　だから……そんな押し殺したような声で泣くな。

　そんなんじゃ、すっきりするもんもしねーぞ。

「気がすむまで泣けばいい。ここにいるから」

　そう伝えると、少しずつ由姫の泣き声が大きくなる。

「っっ……ひっく……」

「大丈夫、俺がいる」

「うぁっ……っ……うわぁぁんっ……」

　子供のように泣きじゃくる由姫の姿に、俺は少しだけ安心した。

　自分の前で、ちゃんと泣いてくれたことに。

　俺のそばが、由姫が安心して泣ける場所になればいいと思いながら、由姫が泣きやむまでずっとそうしていた。

　少しして、由姫の泣き声がぴたりとやんだ。

　バッと顔を上げた由姫の目はメガネで見えないけど、こっちを見ていることはわかった。

「と、止まりましたっ」

　その報告の仕方がかわいくて、心臓がよくわからない効果音を立てる。

「そうか」

　止まりましたって……ダメだ、こんな時なのに顔がにやける。

　表情筋に力を入れて、なんとかこらえる。

「……なあ、誰かになんかされたわけじゃないのか？」

「は、はい、違います！　平気です……！」

　ずっと気になっていたことを確認すると、由姫は即答。

「そうか……」

　たぶん、"暴力"は振るわれていないんだと思う。

　ひとまずは安心かもしれないが、こんなに泣いてたんだ。何か心ないことを言われたのかもしれない。

「ならいい。もし誰かに危害を加えられたら、すぐに俺に言え。そんな奴がいたら抹殺してやる」

　本当は、由姫を泣かせた時点でアウトだけどな……。

　ひとりそう思っていると、由姫が突然、勢いよく俺から離れた。

「どうした？」

「す、すみません、抱きついてしまって……」

　……そんなことか。

　気にしなくていいのに。というか、俺としては大歓迎。

　そんなことを言ったら警戒されそうだから、口にはしねーけど。

「……聞かないんですか？」

「ん？」

「な、泣いてた理由……」

「言いたくないことは言わなくていい」

　それは、本心だった。

「ただ、由姫の心が落ちつくまではそばにいさせてくれ。心配だから」

「どうしてそんなに優しいんですか……？」

　優しい？　俺が？

　そんな言葉は初めて言われた。

　むしろ、冷徹だとか人の心がないとか、そういう類（たぐい）の言葉を受けるほうが多い。

「相手が由姫だからだろうな」

　たぶん俺は、由姫以外には優しさのかけらもない人間だと思う。

　でも……。

「由姫が泣いてたら、放っておけない」

　由姫にだけは、優しくしたいと思う。

「気にならないって言ったら嘘になるけど、強制はしない。俺のそばにいることを、窮屈に感じられたくないからな」

　言いたくないことをわざわざ言わせたくはない。

　そう思っていたけど、由姫は話してくれる気になったの

か、恐る恐る口を開いた。

「あの……じつは私……恋人が、いるんです……」

　……え？

「……っ」

　由姫から出た、"恋人"という単語に、頭が殴られたような衝撃に襲われた。

　恋人……いたのか。

　こんなにかわいいんだから、当たり前か。

　だからと言って諦める気も諦められる気もしないけど、ダメージがでかい。

　他の男に抱きしめられている由姫を想像するだけで、頭が痛くなった。

「蓮さん？」

「いや、続けていい」

「えっと……この学園に来たのは、昔の友達や、その恋人と、同じ高校に通いたいっていう理由からで……」

「この高校の奴なのか？」

「は、はい。今日……その人が、浮気してることを知っちゃったんです」

「……は？」

　……ちょっと待て。

　さっきから衝撃的な発言が多すぎて、さすがに理解が追いつかない。

　恋人がいて……しかもそいつが、浮気？

「それで、ちょっと泣いてしまって……ご心配かけて、す

みません」

「浮気？　相手がか？」

「は、はい」

　由姫は悲しそうに、でも心配をかけまいと小さく笑った。

　その表情が痛々しくて、相手の男に殺意が湧いた。

「……そいつのクラスと名前は？」

　由姫と付き合える人間は、この世で一番幸せな人間。

　……のくせに、浮気だと？

　とりあえずどうにかしてやらないと気がすまなくて名前を聞いた俺に、由姫は苦笑いを浮かべた。

　笑ってごまかされ、浮気男をかばうのかと悔しくなった。

「私の前ではすごく優しい人だったんですけど、本当は、そんなことなかったみたいで……見抜けなかったなんて、情けないですよね……」

「……そんな男、やめとけ」

　そいつは、由姫にふさわしい男じゃない。

「由姫はもっと、大事にされるべき女だろ」

「……ふふっ、そんなふうに言ってくれるのは蓮さんくらいですよ」

「笑うな」

　無理をして笑う由姫を見ていられなくて、そっと肩を掴んだ。

「そんなクズ男のために笑うな。惑わされるな」

　由姫は自分にも責任があるみたいな言い方をするけど、違う。

　傷つけられたら怒ればいいし、相手を責めるべきだ。

　正当化なんてしてやるな。もっと自分を大事にしろ。

「俺がいい女だって言ってるんだから自信持て、な？」

「……っ」

　由姫が、唇をぎゅっと嚙みしめた。

　静かに、一筋の涙が頬を伝う。

「そうだ、悲しい時は泣け」

　感情を押し殺しても、いいことはない。

　浮気男が由姫につけた傷を……俺が癒してやれたらいいのに。

　ただ抱きしめることしかできない自分が、とてつもなく無力に思える。

「泣いてばっかりで、すみません……」

「謝るな。俺の胸なら、いつでも貸してやる」

「ふふっ、予約いっぱいじゃないですか……？」

「バカ言え。由姫専用だ」

　冗談だと思っているのか、くすっと笑った由姫。

　大真面目に言っているのに、伝わらなかったか。

「辛かったな」

　抱きしめる腕に、少しだけ力を込める。

　静かに泣いている由姫を安心させてやりたくて、頭を優しく撫でた。

　すー、すー……という規則正しい呼吸が聞こえて、そっと顔を覗き込む。

寝たか……。

俺はゆっくりと、抱きしめたままベッドに横になった。

寒くないように、由姫の体に布団をかける。

明日、目が腫れねーといいけど……。

泣き疲れて眠る姿を、じっと見つめる。

メガネ邪魔そうだな……。

そう思ったけど、勝手に取るのはプライバシー的にどうなんだと思い、やめておいた。

俺の服を握っている手は、俺の手よりふたまわり小さい。

華奢だし、どこのパーツも驚くほど小柄だ。

強く抱きしめたら、壊れそうなくらい。

……こんなか細い由姫のことを、傷つけた恋人とやらが許せない。

由姫が許しても、俺が……。

眠っている由姫は、見れば見るほど柔らかい生き物に見えてくる。俺が守ってやりたいという気持ちが湧いて、手を握りしめた。

浮気男なんか今すぐ忘れろ。俺を、好きになれ……。

絶対に悲しませたり、泣かせたりしない。

由姫が望むならどんなことだって叶える。俺だったら、他の女に目移りなんてしない。

「……好きだ」

聞こえるはずがないその告白は、静寂に溶けていく。

由姫はまだその男が好きなのか。……あれだけ泣いていたし、当たり前か。

　でも……絶対に振り向かせてみせる。クソみたいな男に、任せておけるか。

　スヤスヤと眠る寝顔を見ながら、俺が守ると改めて心に誓った。

　もう誰にも……由姫を傷つけさせはしない。

そばにいてくれる人

　頭が、痛い……。

　熱い、苦しい……。

「ん……」

　息苦しさで、目が覚めた。

　一番最初に視界に入ったのは、心配そうに私を見つめている蓮さんの姿だった。

「れん、さん……？」

「起きたか？」

　あれ……ここ、どこ……？

　一瞬そう思ったけど、すぐに昨日の出来事がフラッシュバックする。

　そうだ、私昨日、fatalのみんなと会って、いろいろ知ってしまって、それで……蓮さんに慰めてもらって……。

　そのまま寝ちゃったんだと気づいて、慌てて起き上がろうとした。

　けれど、体が驚くほど重く、すぐに体勢が戻ってしまう。

「今日は安静にしとけ」

「えっ……？」

「風邪引いてる」

　風邪……？

　ああ、だからこんなに体が重くて、頭が痛いんだ……。

「朝起きたらうなされてた。訪問医に来てもらったら風邪

だと」

　ほ、訪問医……!?

「す、すみませんっ……」

　なんだか眠っている間にとんでもない迷惑をかけてしまったようで、慌てて謝る。

「昨日、謝るなって言っただろ？　今日はゆっくり休め」

　蓮さんはふっと優しい笑みを浮かべながら、そう言って私の頭を撫でてくれた。

　うう……本当に、蓮さんには甘えっぱなしだ……。

　それにしても……。

「あの、訪問医っていうのは……」

「保健室の人間だと寮のことがバレるだろ？」

　あ、そっか……!　私がこの寮にいるのは、先生たちにも秘密なんだった。

「心配すんな、俺の家で雇ってる医者だから」

　蓮さんはさらっと言うけど、家でお医者さんを雇ってるって……す、すごい。

　なんだか次元の違う話に、苦笑いがこぼれた。

「それに、着替えさせたのも女医だ」

　つけ足すようにそう言われ、ようやく自分が知らないパジャマを着ていることに気づいた。

　そういえば、いつの間にか制服から着替えてる……。

　ずいぶん、いろいろしてもらったみたいだ……。

　まさか、風邪を引くなんて……。

　いったい、いつぶりだろう？　昨日の夜、いつもより寒

かったからかな……それとも、泣きすぎちゃったのかもしれないな。

　もう涙はすっかり涸れているし、昨日の出来事を思い出しても、少し胸が痛むくらい。

　蓮さんがいてくれたおかげで、心が落ちついた。

「薬飲めるか？」

　心配そうにそう聞いてくる蓮さんは、いつもより挙動不審というか、あたふたしているように見える。

「……いや、薬を飲む前になんか口に入れろって言ってたな……ちょっと待ってろ」

　リビングに行ったと思えば部屋に戻ってきて、かと思えばまた出ていって……。

　何度かそれを繰り返したあと、大量の袋を持った蓮さんが部屋に戻ってきた。

「食欲は？」

「えっと……あんまり……」

「じゃあ、これなら食えるか？」

　袋の中から、チューブ式のゼリーを取り出した蓮さん。

　私はそれを受け取って、少しずつ食べた。

「食える分だけでいいからな」

　食べている最中も、蓮さんは心配したような様子で聞いてくれる。

　これ以上はちょっと食べられそうにない……と思った時、蓮さんが私の手からゼリーを取った。

「無理すんな」

　子供に優しく言うみたいな言い方。

　蓮さんはゼリーの代わりに、錠剤の薬とペットボトルの水を渡してくれる。

「ほら、薬。これ飲んだら寝ろよ？」

　蓋はしっかり外して渡してくれるし、あまりの至れり尽くせりに恐縮してしまう。

「あ、ありがとうございます」

　言われたとおりに薬を飲んで、再びベッドに横になった。

　というか……今、何時だろう？

「蓮さん、学校は……？」

　たぶん、もう授業が始まっている時間だと思う。

「休むって連絡したから気にするな」

「れ、蓮さんは行かないんですか……？」

「今日は休む」

　即答する蓮さんに、申し訳ない気持ちが募る。

「でも、私のせいで……」

　昨日迷惑をかけた上に、さらにこんな……。

「心配すんな。あんまり行ってないし」

「そ、それはもっとダメなんじゃ……」

　ベッドも占領して眠ってしまったし、蓮さん昨日もゆっくり眠れなかったんじゃないかな……。

「私、部屋に戻りますねっ……」

　起き上がろうとした時、軽いめまいに襲われた。

　同時に頭痛も来て、またベッドに倒れる。

「こら、無理すんな。気なんかつかわなくていい」

　蓮さんは私の首まで布団をかけてくれて、邪魔な前髪を
そっと上げてくれた。
「迷惑とか、そんなこと思うわけないだろ。弱ってる時は
ちゃんと甘えろ」
　蓮さん……。
「つーか、学校行っても由姫が心配で授業どころじゃない」
　ふっと笑った笑顔は、見とれるほどキレイだった。
「それに、俺が風邪引いた時、由姫だって看病してくれた
だろ？」
「それは……」
「由姫が治ったら俺もちゃんと行くから、今は風邪を治す
ことだけ考えろ、な？」
　そこまで言われたら、もう何も言い返せない……。
　蓮さんは……優しすぎる。
「は、はい……」
　頷いた私を見て、蓮さんは満足げに笑った。
「おやすみ」
　優しい声に、なんだかとっても安心する。
　自然とまぶたが閉じ、あっという間に眠りについていた。

　んん、よく寝た……。
　時計がないから、どれだけ眠っていたかはわからないけ
ど、こんなにぐっすり眠れたのは久しぶりな気がした。
　頭の痛みも、ずいぶん引いた気がする。
　熱も心なしか、下がっているように感じた。

　体を起こそうとした時、手を握られていることに気がついた。

「蓮さん……」

　スヤスヤと、うつ伏せになって眠っている蓮さんの寝顔が目に入る。

「ふふっ」

　ずっとそばにいてくれてたのかな……。

　蓮さんって、普段はキレイな系統の顔だけど、眠っている時は子供みたいなかわいさがある。

　見ていると、自然と笑みがこぼれた。

　空いているほうの手を何気なく動かした時、枕元にスマホが置いてあることに気づいた。

　スカートのポケットに入れていたから、着替えさせてくれた人が出してくれたのかもしれない。

　そういえば、風邪で休むこと誰にも連絡してない……。

　蓮さんが学校に連絡してくれたって言ってたけど、一応伝えておいたほうがいいかも。

　そう思い、スマホの画面をつける。

「わっ……」

　真っ先に飛び込んできた通知の数に驚いた。

　メッセージ20件……電話着信履歴28件……！

「れ、蓮さんからすごい数の着信が……！」

　電話の履歴は、ほとんどが蓮さんからだった。

　もしかしたら昨日、蓮さんが来てくれたのは偶然じゃなくて、心配して探してくれたのかな……？

　着信履歴の中には、春ちゃんの名前もあった。

　私は見ないふりをして、他のメッセージを確認する。

【由姫、風邪って聞いたけど平気？】

　拓ちゃんからだ……。

【早く元気になってね】

【由姫がいないと寂しい】

【大丈夫？　ゆっくり休んでね。ノートは任せて】

　弥生くん、華生くん……そして海くんから、それぞれメッセージが届いていた。

「みんな……」

　うれしいな……。

　心配してくれる友達がいることに、感謝の気持ちでいっぱいになった。

　……あれ？

　海くんからもう1件メッセージが来ていることに気づいて、確認する。

【今、蓮さんが教室に由姫のこと探しに来たんだけど、何かあった？】

　……え？

　メッセージが来た時間を確認すると、時間は夕方の5時ほぼちょうど。

　蓮さん、教室にまで来てくれたの？

　たぶん、蓮さんが私を見つけてくれたのは、夜の7時すぎくらいだった。

　……ってことは、2時間以上も探してくれていたことに

なる……。

　蓮さんから届いているメッセージを、慌てて確認する。

【ケーキあるから食べに来るか？】

【由姫、今どこにいる？】

【何かに巻き込まれてないか？】

　そのあとは、ずっとメッセージじゃなくて電話をくれていた。

　スマホを見ていなかったから電話にも出られなくて……申し訳ないことしちゃった……。

　気持ちよさそうに眠っている蓮さんの寝顔を見ながら、心の中で『ごめんなさい……！』と謝った。

　でも……ちょっとうれしいな。

　偶然見つけてくれたんじゃなく、探してくれていたとわかって。

　……って、なんでうれしいんだろう？

　こんなに心配をかけておいてうれしいなんて、私、性格が悪いっ……。

　──ピンポーン。

　あれ？　誰だろう……？

　部屋に、インターホンの音が鳴り響いた。

　蓮さんの目が、ぱちっと開く。

「……あ」

　蓮さんは訪問者に心当たりがあるのか、すぐに立ち上がった。

「悪い、ちょっと出てくる」

　部屋を出ていってしまった蓮さん。

　少したって、戻ってきた蓮さんの隣には……。

　ひとりの、女の人が立っていた。40代くらいの、コートを着た女性。

「医者が来たからもっかい診てもらって。俺は終わるまでリビングにいるからな」

　お医者さん……？　あっ、さっき言ってた……！

「初めまして。少し診させていただきますね」

　お医者さんはそう言って、ベッド横のイスに座った。

「お、お願いします……！」

　私も起き上がって、頭を下げる。

「何かあったら呼べよ」

　そう言い残し、再び部屋を出ていった蓮さん。

　お医者さんとふたりになって、診察をしてもらった。

　普通なら病院でしてもらうことを家でしてもらえるなんて、不思議だなぁ。

「今は薬で一時的に楽になっていますが、まだ熱が引いていません。数日間は安静にしたほうがいいと思います」

　楽になったと思っていたのは、薬のおかげらしい。

「はい、ありがとうございます……！」

「お坊ちゃんの恋人ですか？」

　えっ……!?

　突然飛んできた質問の意味が一瞬わからず、ぱちぱちと瞬きをする。

「……ち、違います！」

　首を左右に振って、すぐに否定した。

　お坊ちゃんっていうのは、きっと蓮さんのことだと思う。

　蓮さんと私がなんて……れ、蓮さんに不名誉だ……。

「私、西園寺家にはもう10年以上お世話になっているんですけれど……」

　お医者さんが、柔らかい口調で話し始めた。

「今日の朝、病院に電話があったんです。すごく焦った声で、『すぐに女の医師を全員連れてきてくれ』って」

　え……！　ぜ、全員……!?

「何事かと思ったら、女性不信のお坊ちゃんの部屋に女の子が寝ているから……ふふっ、驚きました」

　お医者さんは、思い出したように笑う。

「お坊ちゃん、ずっとあなたのことを心配して……真っ青になりながらあたふたしていました」

　そうだったんだ……。

　蓮さんのそんな姿、想像がつかない。

　あ、でも今日目が覚めた時、落ちつきがなかった気がする。あれは、私を心配して……？

「これからも、お坊ちゃんのことよろしくお願いします」

　お医者さんの言葉に、私もぺこりと頭を下げる。

「こ、こちらこそ……！」

「それでは、失礼します」

　笑顔を残して、出ていった女医さん。

　少しして、蓮さんが部屋に戻ってきた。
「体調はどうだ？」
　私の顔色をうかがうように、じっと見てくる蓮さん。
「はい……朝よりずいぶんマシになりました」
「そうか。よかった……」
　ほっと安堵の息を吐いた蓮さんの姿を見て、改めてとても心配をかけたことに気づく。
「蓮さん、ご迷惑ばかりおかけして……」
　……ううん、違う。
　謝るんじゃなくって……。
「あ、ありがとうございます」
　感謝の言葉を口にして、笑顔を向けた。
「ああ」
　蓮さんは私を見て、同じように笑顔を返してくれる。
　ふふっ……私、今全然寂しくない。
　昨日はあんなに寂しかったのに……蓮さんって、すごいなぁ。
「何か食べるか？　あ……飲むもんもあるぞ、ちょっと待ってろ」
　またあたふたしながら忙しなく動いている蓮さんの姿に、くすっと笑ってしまった。
　昨日の暗かった気持ちが嘘みたいに、自然と笑顔が溢れてしまう。
「ほら、全部甘いやつだ。由姫が大好きな、いちごミルク味とかあったぞ。……って、風邪の時はそんなもん口に入

れたくないか……」

　蓮さんみたいな人が恋人だったら、きっと幸せなんだろうなぁ……。

　袋の中をがさごそとあさっている蓮さんを見て、そんなことを思った。

今はまだ……

　ピピピピッという電子音が、室内に響く。

「36.7℃です……！」

　蓮さんが看病をしてくれたおかげで、３日後の朝には熱が下がっていた。

　最高で39℃近くまで上がっていたみたいだから、ずいぶん早く治ったんじゃないかと思う。

　蓮さんに感謝だ……。

「具合は？」

「もう全快です！」

　頭痛も体のだるさも消えて、万全だっ。

　笑顔の私を、蓮さんはまるで見定めるようにじっと見てくる。

　私はごくりと息をのんで、蓮さんの次の言葉を待った。

「……いや、今日はもう１日休養」

「ええっ……！」

　も、もう平気なのにっ……！

「でも、３日も休むのはちょっと……授業についていけなくなるかもしれないし……」

「首席だろ？　わからない範囲あっても、俺が教えてやるから問題ない」

「け、けど……」

　駄々をこねる私の頭を、蓮さんがぽんっと軽く叩く。

「心配だから、言うこと聞いて」

　うっ……。

　そんな言い方されたら、頷くしかない……。

「は、はい……」

　蓮さんに心配をかけたのは重々承知しているから、言うこと聞かなきゃ……。

「いい子だ」

　わしゃわしゃと頭を撫でられて、少しだけ恥ずかしくなった。

　私は長女で、弟をかわいがる立場だった。だから……こうやって甘やかされるのは慣れてない。

　蓮さんって、妹とかいるのかな……？

　年下の扱いがうまそうだから、もしかしたらお兄ちゃんかもしれない。

「ほら、布団入って横になってろ」

　私を横にして、布団をかけた蓮さん。

　学校を休むことは承諾するけど、私にも条件がある。

「れ、蓮さんは学校に行ってください！」

　私が休んでからというもの……蓮さんもずっと欠席している。

　３年生だから出席日数とかも大事だろうし、これ以上私のせいで蓮さんに休ませるわけにはいかない。

「俺はいつも休んでるから平気だ」

「だ、ダメです……！　蓮さんが行かないなら私が行きます！」

　そう言って蓮さんをじっと見つめる。

　蓮さんは、困ったように眉間にシワを寄せたあと、ため息をついた。

「わかったから、由姫は休め」

　蓮さんが納得してくれたことに、ほっと一安心する。

「はいっ」

　よかった……。

　ちょっとひとりは心細いけど、それよりも休ませている罪悪感のほうが勝る。

　私も今日はもう1日休んで、明日から元気に学校に行こうっ。

　蓮さんは少し面倒くさそうにしながら、学校に行く支度を始めた。

「あ……蓮さん、私そろそろ部屋に戻りますね」

　ずっと蓮さんの部屋にいさせてもらってたから、そろそろ帰らなきゃ。

　隣の部屋なのに泊まらせてもらうなんて、今思えばなんだか変な話だな。

「今日は俺の家にいればいいだろ？」

「え、でも……」

　返ってきた言葉に、断りを入れようと思ったけど……やめた。

「はいっ……ありがとうございます。それじゃあ、シャワーだけ入ってきます」

　大人しく甘えさせてもらおう。

「ああ」

　満足げに笑った蓮さんは、着替えが終わったのか学校に行く準備万端だ。

「2限が終わったら帰ってくるから」

「ぜ、全部受けてください……！」

　冗談には聞こえない言い方に、慌てて異議を唱える。

「なんかあったら連絡しろよ？」

　不満そうだけど、ちゃんと言うことを聞いてくれる蓮さんに微笑む。

「行ってらっしゃい蓮さん」

「……」

　……あれ？

　なぜか固まってしまった蓮さんの目の前で、手を振った。

　おーい、蓮さーん……？

「どうかしましたか？」

「いや……」

　蓮さんはなぜか口元を手で覆いながら、視線を私から逸らす。

「いいな、これ……結婚したら毎日これか……」

　……？

　これ？　結婚？

「行ってくる」

　よくわからない言葉をこぼしながらも、しっかりと返事をして部屋から出ていった蓮さん。

　パタンッと、玄関が閉まる音が響いた。

　なんだかひとりになったら、すごく広く感じるな……。

　そういえば、この２日間はずっと蓮さんと一緒にいたから、ひとりになる機会がなかった。

　ひとりになると自然と、いろいろなことを考えてしまう。

　春ちゃんや、fatalのみんなと……これから、どうしよう。

　あの日のことがフラッシュバックしたけど、もう涙は出ない。

　すぐにどうするとか、どうしたいとかじゃないけれど、ただ……もう前みたいな関係ではいられないんだろうなと思った。

　みんなは変わってしまったし、もしかしたら私が知らなかっただけで、元から……３日前に見てしまったような、人たちだったのかな。

　衝撃は大きいけど、そのことに囚われていたってどうにもならないし、変わったものは仕方ないんだ。

　これ以上、くよくよしていられない。

　スマホを見ると、２－Sのみんなから連絡が入っていた。

　fatalのみんなと高校生活を送りたくてこの学園に来たけど……私にはもう、新しい友達ができた。

　こうして心配してくれる、素敵な友達ができたんだ。

　この高校に来たことは後悔していないし、みんなのおかげで楽しい学園生活が送れている。

　失ったものもあれば、手にしたものもある。fatalのみんなのこと、引きずるのはやめよう。

　みんなからのメッセージを確認。どれも心配の言葉や、

授業についての報告。ありがたいなぁと思いながら、ひとつひとつ返事をする。

　そして……春ちゃんからも、メッセージと着信がたくさん入っていた。

　まだ見る勇気がなくて、スマホをそっと置く。

　シャワー、入ろう……！

　私はベッドから起き上がり、蓮さんが置いていってくれたカードキーを持って、シャワーを浴びに自分の部屋に向かった。

　病み上がりのせいか、体がふわふわしている気がした。

　浴室から出て、すぐに変装を整える。

　そういえば、誰かが蓮さんはサラのこと知らないって言ってたような……。

　なら、蓮さんの前では変装なんてしなくてもいい気がするなぁ……。

　でも、お父さんとの約束だから、しておいたほうがいいのかな。

　あまり汗をかくほうではないけど、さすがに熱が出ている時はウイッグは蒸れてじめじめした。

　支度をすませ、蓮さんの部屋に戻る。

　ずっとじっとしておくのはつまらないけど、蓮さんに言われたから休んでおこう。

　蓮さんも私の言うことを聞いて、ちゃんと学校に行ってくれたんだから。

　ベッドに横になり、眠くはないのでぼうっとする。

　考えるのは自然と、これからのことだった。

　fatalのみんなとは……きっと、自分から動かない限りは会うこともないだろうな。

　こんな形でみんなとの関係が切れるのは嫌だけど……今のみんなとは、仲良くできないよ。

　私が大好きだった、優しくて正義感の強い"fatal"はもう存在しない。

　その事実を、私はようやく受け入れ始めていた。

　でも、この変装……春ちゃんが気づかなかったってことは、これ以上サラだって気づく人はいないかもしれない。

　南くんはイレギュラーとして、今思えば拓ちゃんも、私が名前を言うまでは気づかなかったんだから。

　バレる心配はきっとない。

　もう……サラの名前は捨てよう。

　白咲由姫として、私はこの学園で生活するんだから。

　新しい友達もできたんだ。これからもきっと、楽しい学園生活を送れるだろう。

　2－Sのみんなも……蓮さんもいる。

　生徒会の人たちも……あっ、そうだ、もう生徒会にいちゃいけない理由がなくなっちゃった。

　でも、元fatalの私が、ずっと生徒会にいてもいいのかな……。

　蓮さんは……。

　私のこと、どう思ってるんだろうか。

　とってもよくしてくれるし、妹みたいにかわいがってくれる。

　私も、次第にお兄ちゃんみたいに慕い始めているけど、甘えっぱなしはよくないな。

　いつか私も蓮さんが困っていたら、助けたい……。

　今、春ちゃんやfatalのみんなとのことを冷静に考えられているのは、紛れもなく蓮さんのおかげだから。

　そう思った時、突然玄関の扉が開く音が聞こえた。

　……え？

　だ、誰だろう……？

　まだ学校が終わるには早すぎる時間だし、蓮さんではないはず……。

「ただいま」

　……って、蓮さん!?

　部屋に入ってきた蓮さんの姿に、目を見開いた。

「蓮さん、学校は？」

「昼休みだから帰ってきた。授業はちゃんと受けたぞ、文句ないだろ？」

　誇り顔でそう言った蓮さん。お昼休みにわざわざ帰ってきてくれたんだ。

「はいっ」

「メシ買ってきたから食おう」

「ありがとうございます」

　蓮さんはごはんまで買ってきてくれたらしく、感謝の言葉を返す。

「食堂で、うどんもらってきた」

　さらりとそう言うけど、蓮さんが食堂にいる姿が想像できない……。

「テイクアウトできるんですね」

「いや、食堂のおばちゃんが内緒っつってたな」

　えっ……！

「さすが蓮さん」

　たしかに、蓮さんの美貌でお願いされたら、ノーとは言えない。

「食うか？」

「はいっ」

　ふたりでリビングに移動して、うどんを食べた。

　蓮さんといると、自然と笑顔が戻っていた。

　蓮さんが再び学校に行って、私はベッドで休んでいた。

　一度お昼寝をしてから、また目が覚める。

　よく寝た……ふふっ、なんだか寝てばっかりだ。

　スマホの画面を見ると、もう時刻は放課後だった。

　そして、未読の通知が目に入る。

　これ以上、目を背け続けるのはダメだよね……。

　メッセージも未読のままじゃ、春ちゃんも不安がるだろうし……。

　さっきまで見る勇気が湧かなかったのに、自然と画面に触れていた。

　どんな態度で春ちゃんと接していいかわからなくて、開

けなかったけど……意を決して、春ちゃんからのメッセージを開く。

【サラ、もう寝た？　また明日電話するね、おやすみ】

【サラ？】

【何かあった？】

【返事ちょうだい、心配だから】

【お願い、電話でて】

【危険なことに巻き込まれたりしてない？】

【俺、何かした？】

【お願いだから返事ちょうだい】

【何かしたなら謝る。だから電話に出てお願い】

【サラに無視されると辛いよ。生きた心地がしない】

　春ちゃん……。

　文面を見て、胸がぎゅっと痛んだ。

　春ちゃんの本当の姿は、いったいどっちなんだろうな。

　……なんて、きっと答えはわかってるんだ。

　拓ちゃんが言ってた。舞先輩も、海くんもfatalの今の状況を嘆いてた。

　──私の前の春ちゃんが、偽りなんだ。

　偽りなんて言い方をするのは失礼かもしれないけれど……それでも、私は自分の目で見てしまったから。

　今までは、他の人から聞いても、『きっと何か理由があるんだ』って言い聞かせてきた。

　私の前の、優しい春ちゃんを信じたかった。

　でも……もう、目を逸らすのはやめよう。

　私はスマホの画面に触れて、返信を送った。

【春ちゃん、返事できなくてごめんね】

　一瞬で既読のついたメッセージ。

　春ちゃん、ずっと見てたのかな……。

　申し訳ない気持になったけど、ダメだと思い、続きの文章を打つ。

　自分を責めるなって、蓮さんに言われたばっかりなんだから。

【ちょっと学校の用事が忙しくって、当分連絡取れそうにないの】

　嘘をつくのは嫌だけど、少しだけ時間が欲しい。

【だから、返信も電話もできないと思う。ごめんね】

　送り終わって、ふぅ……と息を吐いた。

　まだ、気持ちの整理がついていない部分が残っている。

　春ちゃんと付き合っていた２年間、春ちゃんはずっと優しかったし、たとえそれが偽りでも、春ちゃんに悪い思い出はひとつもなかった。

　だから……正直、すぐに嫌いになることなんてできない。

　fatalのみんなのことも、きっと嫌いになることはない。

　みんなが大好きだった気持ちは、そんなことですぐに消える気持ちではなかったから。

　春ちゃんと距離を置いて、ちゃんと自分の中で気持ちが落ちついたら……。

　──その時はちゃんと、私から別れを切り出そう。

　ピコンッと、すぐに返事が来た。

【そんなに忙しいの？　今から少しだけでも話せない？】

　　……春ちゃん。

【ごめんね、できない】

　　今、どんな態度で話せばいいのかわからないよ。

【また私から、連絡するから】

　　続けてそう送ると、春ちゃんからも返信が届いた。

【一瞬でいいから】

【サラの声が聞きたい】

【お願い】

　　まさか春ちゃんは、私がこんなにも近くにいるなんて思ってもないだろうな。

　　しかも、数日前に会ってるんだよ、私たち。

　　春ちゃんに……気づいてほしかった……。

　　これ以上の返信はせず、画面を閉じた。

　　すると、少しして春ちゃんからまた連絡が来る。

【また時間できたらいつでも電話してね】

【深夜でも早朝でも出るから】

【大好きだよ、サラ】

　　最後の一文に、ひどく胸が痛んだ。

「私も、大好きだったよ春ちゃん……」

　　下唇を、きゅっと噛みしめた。

　　こんなことになるなんて、少しも思ってなかった……。

　　スマホを、そっとベッドの横に置く。

　　結局何がほんとなのか……変わってしまったことには、何か理由があるのかはわからない。

　でも、きっとどんな理由があったとしても、私はもう春
ちゃんを信じることはできない。

　浮気した春ちゃんのこと……これ以上好きでい続けられ
ない。

　涙が出そうになったけど、ぐっとこらえた。

　もう泣かないって決めたから。春ちゃんを想って泣くの
は、もう終わったんだ。

　……よし、もうくよくよしない！

　ぱちっと頬を叩いてカツを入れた時、蓮さんが帰ってき
た音が聞こえた。

　私はベッドから起き上がって、玄関に向かう。

「蓮さんっ……！　おかえりなさい」

　靴を脱いでいる蓮さんが、うれしそうにこっちを見た。

「ただいま。ちゃんと休んでたか？」

「はいっ」

「そうか」

　よしよしと、頭を撫でてくれる蓮さん。

　それがうれしくて、身を委ねるように目を瞑った。

fatalの現状

【side華生】

　由姫が風邪で休んで、３日がたった。

　由姫、大丈夫かな……。

　３日も休むとか、相当熱が出ているに違いない。

　心配だから様子を見に行きたいけど、男は女子寮に立ち入れないから、なす術がない。

　海はいつもどおりだけど、氷高の機嫌は最悪だった。

　つねに殺気染みた不機嫌オーラを醸し出していて、誰も手がつけられない状態。

　でも、由姫にノートを見せるため授業には出席してるらしい。

　俺たちが見せるから、必要ねーのに。

　みんな、由姫に会いに行けないことにストレスを感じていた。

　はぁ……由姫がいない学校って、こんなつまんなかったっけ。

　もう、由姫と出会う前には戻りたくない。

　授業中、スマホをチェックすると、由姫からの返事が来ていた。

【心配かけてごめんね。もう熱も引いたから、明日は学校に行くよ！】

　やったっ……！

　小さくガッツポーズをして、やよのほうを見る。
「やよ、由姫明日来るって」
「俺も今、返事来た」

　やよの目が、キラキラ輝いてる。

　由姫が休んでいる間は落ち込んでたから、やよが元気に
なってよかった。

　俺も……明日由姫と会えると思ったら、元気が出た。

　氷高の不機嫌オーラが和らいでいて、こいつにも返事が
来たのかと察する。

　早く明日にならないかなぁ……。

　そう思いながら、由姫に見せるため、いつも以上にキレ
イにノートをとった。

　放課後fatalの幹部の集まりがあったから、風紀が使っ
ている教室に向かう。
「「お疲れ様です」」

　ふたりで声を揃えて言うと、冬夜さんだけが「お疲れ」
と返してくれた。

　これは、いつものこと。

　たまに機嫌がいい時は夏目さんと秋人さんも返事をして
くれるけど、めったにない。

　もう慣れたし、“こういう人たち”だからなんとも思っ
ていない。

　というか、今日は秋人さんまだ来てないのか……。

　夏目さんはソファでスマホをいじっていて、春季さんも

仮眠用のベッドに腰かけながら、じっとスマホを見ている。

　穴が開くほど見つめている姿に、疑問を感じた。

「お前、昨日からずっとスマホ見てるよな」

　夏目さんも思っていたのか、春季さんに投げかけた。

「……」

「無視すんな」

「……」

　どうしたんだろう……まあ、別に関係ないか。

　fatalはあんまり干渉し合わないし、仲間意識も低い。

　俺たちも、夏目さん秋人さん春季さんに関しては、立場上従っているけど慕ってはいなかった。

「冬夜さん、今日はなんかするんですか？」

「うん、ちょっと近況を話し合おうかなって。秋人が来るまで、適当にしてていいよ」

「はい」

　fatal唯一の常識人である冬夜さんの言葉に、俺とやよは少し離れたソファに座った。

　暇だな……そうだ、ノートをキレイにまとめとこ。

　書ききれなかったとことか、書き込んでおかないと……氷高には負けたくないし……！

　そう思い、今日のノートを取り出してシャーペンを走らせた。

　やよも同じことを考えているのか、必死にノートに書き込んでいる。

　そういえば……由姫と出会ってから成績も上がった気が

する。

　いつもわからないところをわかりやすく教えてくれるから、わからない箇所がなくなった。

　由姫は本当にすごい。

　なんでもできるのに鼻にかけないし、優しいし、謙虚だし……あんなによくできた人間はいないと思う。

「そういや、この前ここに来た女、結局なんだったんだよ」

　夏目さんが、思い出したように何か話している。

「あー……、例の編入生？」

　……え？

　冬夜さんの言葉に、俺は手を止めた。

「……由姫のこと、知ってるんですか？」

　編入生って……由姫しかいない。

　でも、どうして先輩たちが……？

　不思議に思って聞いた俺に、真っ先に反応したのは意外にも春季さんだった。

「ゆき？」

　何が引っかかったのか、俺たちが呼んだ名前を復唱した春季さん。

「何？」

　少し驚いた様子で聞き返した夏目さんに、春季さんはすぐに視線をスマホに戻した。

「いや……知り合いと同じ名前だっただけ」

　再びスマホをガン見している春季さんは、もうこの話には興味がないらしい。

　途切れた俺の質問に、答えたのは夏目さんだった。

「知ってるも何も、なあ？　急に押しかけてきて意味不明だったわ」

　鬱陶しそうにそう話す夏目さんに、俺は訳がわからなくなる。

　なんだそれ。押しかけてきたって……ここに？

「……ここに、由姫が来たんですか？」

　なんで、由姫が……？

「おお。なんだよ、仲いいのか？」

　あっさりと返ってきた肯定に、疑問は膨らむばかり。

　風紀の教室になんか用事があったとか？　いや、でもいつ……？

「はい……同じクラスの友達です」

　とりあえず、夏目さんの質問に返事を返す。

　すると、夏目さんはゴミでも見るような軽蔑の目をした。

「えー、あんなキモいのとよく連めるな。急に教室入ってきて、何事かと思ったし。fatalの幹部に好きな男でもいたんじゃね」

　……は？

　なに言ってんの、この人……。

「もしかしたらお前ら使ってfatalに取り入ろうとしてるとか？」

　ギャハハと下品に笑う夏目さんに、怒りが湧いた。

　この人に腹が立つのはいつものことだし、普段なら流すけど……それだけは、聞き捨てならない。

「……由姫はそんな奴じゃない」

　敬語を使うのも忘れて、反射的にそう言っていた。

「夏目さんでも、あいつを悪く言うなら許しません」

　やよも同じ気持ちだったのか、俺に続いた。

　由姫がfatalに取り入ろうとか、そんなことするはずない。そういう女じゃないって、断言できる。

　ここに来たのは本当かもしれないけど、何か理由があったに違いない。

　由姫をバカにされるのだけは──許せない。

　俺たちの態度が癇に障ったのか、夏目さんはあからさまに不機嫌になった。

「……はぁ？　なんなのお前ら。もしかしてあのキモ女のこと好きなのか？」

「だったらなんですか？」

「マジで？　ヤッバ……趣味疑うわ。あれの何がいいの？」

「……っ！」

　この人……どこまでクズなんだ。

　腹が立ったとかそんなレベルじゃない。

　今すぐに殴りかかってしまいたいくらい、明確な敵意が湧き上がる。

「……あ？　なんだその目」

　夏目さんは俺たちを睨み返し、ソファから立ち上がった。

「夏目、やめろ」

　いつ手を上げてきてもおかしくない夏目さんに、冬夜さんが止めに入る。

　夏目さんは冬夜さんの言葉なんて耳に入っていないかのように、俺たちのほうを睨んでいた。
「俺より弱い奴が、俺に歯向かってんじゃねーよ」
　……俺たちがあんたより弱い？
　本当に、どこまでも "なんにも見えてない人" だと哀れにすら思う。
　fatalがどれだけバカにされているか……fatalのトップ3は終わってるって、fatal内でも言われてることも知らないんだ、この人は。
　夏目さんが、拳を振り上げた。
　この人の拳なんて、目で追える速度だ。
「夏目!!」
　避けようとしたけど、振り下ろされる前に冬夜さんが止めた。
　夏目さんは不満そうに、舌打ちをしている。
「今のお前をサラが見たら、残念がるだろうな」
　……冬夜さん？
　急にサラの名前を出した冬夜さんに、夏目さんはあからさまに反応した。
「……あ？」
「チームの後輩にまで手上げるとか、終わってるぞ。やめろって」
　その言葉は何も間違っちゃいないけど、夏目さんは眉間にシワを寄せ、怒り狂うように近くにあったイスを蹴り飛ばした。

「……おい、サラさんだろーが？　お前ごときがサラの名
前呼んでんじゃねーよ殺すぞ!!」

　あっ……。

　もうひとつのイスを掴んで、冬夜さんに投げつけようと
した夏目さん。

　まずい……と思ったけど、現状fatalで一番強い冬夜さ
んにそんな荒い攻撃が効くはずなかった。

　冬夜さんはまるで子供からおもちゃを取り上げるように
イスを掴んで、そっと置き直す。

　再び拳を振り上げようとした夏目さんの手を掴んで、足
で壁に追いやった。

「お前じゃ俺は殺せないよ」

　一瞬にして決着がついてしまって、夏目さんもさすがに
焦ったらしい。

「……クソッ!!　どいつもこいつもうぜー奴ばっかだな」

　不満を吐き捨てながら、教室を出ていった。

　静まる室内。あの人、ほんと子供みたいだな……。

　あの人の下についてる自分が情けないと思うけど、そん
なこと今さら嘆いたってどうにもならないことだ。

　険悪な空気にならないように気をつかってるつもりだけ
ど、由姫のことを悪く言われて黙っていてやれるほど大人
じゃない。

　言ったことは後悔してないし、謝るつもりもなかった。

「はぁ……」

　冬夜さんが、イスを片づけながらため息をついている。

140

「あいつが失礼なこと言ってごめんな」

　そんな、冬夜さんが謝ることじゃないのに……。

「いえ……」

「俺たちも、カッとなってすみません……」

　やよが、そう言って頭を下げた。俺も同じように謝罪をする。

　夏目さんには謝らないけど、冬夜さんには巻き込んで悪いことしたな……。

　そう思ったけど、冬夜さんは謝った俺たちを見てにこっと微笑んでくれた。

「好きな子を悪く言われたら、怒って当然だ。というか、怒るのが正解」

　冬夜さん……。

「お前たちは間違ってない。そのままでいいよ」

　そう言って、俺たちの頭を優しくぽんっと叩いてくれた冬夜さん。

　冬夜さんは、そのまま自分の席に戻っていった。

「冬夜さん、マジかっけーな……」

　ほんと、この人にだけは頭が上がらない。

　やよにこそっと耳打ちすると、やよも同意するように首を縦に振った。

「うん、fatalの良心」

　ほぼ崩壊している上層部の中でも、唯一頼りになる存在。

　というか、今nobleとまともにやり合えるのは冬夜さんくらいだと思う。

　総長の春季さんはいい加減だし、夏目さんも秋人さんも
ちゃらんぽらん。

　頑張っていれば、この人たちももっと強かっただろうけ
どさ……。

　そんなことを思った時、部屋の扉が開いた。

「今マジギレの夏目とすれ違ったけど、なんかあった？」

　秋人さんが入ってきて、そのままソファに一直線。自分
から聞いたくせに、それほど興味がなさそうな顔でスマホ
をいじり始めた。

「いや、あいつが癇癪を起こしただけ」

　冬夜さんが代わりに答えてくれて、俺たちは黙っておく
ことに。

　秋人さんはあんまり後輩のことなんとも思ってないし、
俺たちとも言葉を交わそうとしないから。

　というか、トップ３はあんまりトップ３以外と話さない。

　冬夜さんとは話すけど……ていうか、今さらだけど一番
強い冬夜さんが４番手っていうのが納得いかない。

　しかも、冬夜さんは春季さんの影武者だ。

　４番手でいいんですか？って、一度聞いたことがある。

　その時、冬夜さんは笑って『俺は春季の代わりだから』
とだけ言っていた。

　その言葉の意味は、今もわかってない。

　ひとりぼんやりとそんなことを考えながら、ノートに書
き込む作業を再開する。

　その最中、秋人さんと冬夜さんの会話がずっと聞こえて

いた。

「夏目ってほんと、自分のことお姫様とでも思ってるのってくらいわがままだよね」

「そうだね」

「困っちゃうよ。fatalのお姫様はサラなのに」

　サラ……。

　俺はfatalの人とサラが仲良くしているのを直接見たことはないからわからないけど……本当に、今もサラとfatalの人たちは仲がいいのかな。

　サラの目撃情報や新しい話は何も聞かないし、サラは存在しなかったって噂もある。

　いや、俺たちはこの目で見たから、サラが存在することはわかってるけど……でもそのくらい、伝説的な存在ってことだ。

　fatalの人はみんなサラに心を奪われているみたいだけど、サラはどうなんだろうな。

　正直、趣味が悪いと思う。

　春季先輩みたいなのと付き合ってるとか……不憫だ。

　俺がサラだったら、間違いなく冬夜さんを選ぶけど。冬夜さんも、サラのこと好きみたいだし……。

　夏目さんと秋人さんは絶対無理。女癖悪いし、すぐ手が出るし、最悪。

「……は？」

　突然、風紀室に響いた声。

　それは春季さんのもので、聞いたことのないような、動

揺を含んだ声だった。

「当分連絡取れそうにない、って……」

　スマホを凝視したまま、ぼそっとひとり言のように何か呟いている春季さん。

　その表情はまるでこの世の終わりみたいに青ざめていて、ひどい喪失感にかられているみたいだった。

「……っ」

「どした〜春季」

　心配……しているわけではなさそうだけど、声をかけた秋人さん。

　それを無視し、春季さんはおぼつかない足取りで立ち上がった。

　教室を出ていくつもりなのか、ドアのほうに向かって歩いている。

「おっ、また女あさりに行くの？」

「……」

　再び秋人さんの言葉を無視して、出ていった春季さん。

　どうしたんだろう。なんか……すっごい絶望的な顔してたけど……。

　俺も別に心配ではないけど、あの人があんな顔をするなんて結構衝撃だ。

「どいつもこいつも……話し合うって言ってんのに」

「あの様子じゃもう戻ってこないでしょ。女の子たちとこ行ったんじゃない？　ほんと、あいつはクズ中のクズだよな」

　たしかに総長はクズだけど、秋人さんもたいがいだ。

　声には出さずに、心の中で呟いておいた。

「まあ、かわいそうな奴っちゃかわいそうな奴だけどねー」

「そうか？」

　ノートの書き込みを続けながら、また冬夜さんと秋人さんの会話に半分意識を集中させる。

「だってあいつさ、ほんとサラ命じゃん。サラへの気持ちは本物っていうか、むしろ……強すぎて自分じゃコントロールできないんだろうね」

「……まあ、そうなのかな。浮気していい理由にはならないけど」

「他の女使ってなんとか保ってるみたいな感じなんだよ。だから、なんか哀れっていうか、かわいそうだよね」

　俺には関係ないし、わからない次元の話だ。

　もし俺が由姫と付き合えたら、浮気なんて絶対しないし悲しませるようなこともしない。

　大切に大切にして、宝物にする。

「……ま、もっと哀れにさせてやろうと思ってる俺が、言えたことじゃないけど」

　秋人さんの、意味深な発言が聞こえた。

「……略奪愛はどうかと思うよ」

「お前以外はみんな狙ってるよ。"サラを奪う機会"。お前だって好きなくせに」

　またサラの話か。

　この人たち、ほんとサラ大好きだな。俺も、憧れてはい

るけど、今は由姫一筋だし。

　黙り込んだ冬夜さんが気になって、ノートからちらっと視線を移す。

　冬夜さんは……真剣な表情で秋人さんを見ながら口を開いた。

「俺は違うよ。サラが幸せならそれでいいんだ」

　その顔と言葉と声色から、サラへの気持ちが痛いほど伝わってくる。

　冬夜さんはなんていうか、他の奴らとはサラへの執着の仕方が違う。

　他の人は歪んでるけど……この人の愛は、"純愛"という言葉が正しい気がした。

「俺、冬夜のそういういい子ちゃんなとこ大っ嫌い〜」

　軽口を叩くように言いながら、目がまったく笑っていない秋人さん。

「そっか」

　冬夜さんは、まるで秋人さんにどう思われても構わないとでもいうかのように、さらりと流していた。

「弥生、華生」

「「はい」」

　冬夜さんに呼ばれ、返事をする。

「ごめん、夏目が帰ってくるまで待とうと思ったんだけど、もう始めよっか？」

　俺とやよはノートを閉じて、テーブルのほうへ集まった。

　早く帰りたいな……今日は帰ったらすぐに寝て、明日は

早く学校に行こう。

　由姫に会ったら、ぎゅーってしようっ……。

　翌日のことを想像するだけで、自然と笑みがこぼれた。

　この時、俺たちのまわりで急激に歯車が動き出していたことなんて──知る由もなく……。

ROUND＊07
変わるものと
変わらないもの

変わらない日常

　風邪が完治し、蓮さんからも帰宅許可をもらった。
「お世話になりました……！」
「無理するなよ。なんかあったら、いつでも俺の家に来て
いいからな」
「はいっ」
　蓮さんは今日は泊まっていけばいいと言ってくれたけ
ど、さすがにこれ以上ベッドを占領するのは気が引けたの
で説得して部屋に帰った。っていっても、家はすぐ隣なん
だけど……。
　数日ぶりに自分のベッドで眠る。ずっと蓮さんがいてく
れたからか、少しだけ寂しさを感じた。
　夜が明けて、学校に行く支度をする。
　ふふっ、久しぶりの学校だ……！
　それにしても、昨日寝すぎたせいで今日は早くに目が覚
めちゃった。
　いつもより少し早く行こうかなと、張りきって朝の支度
をする。
　７時半ごろに家を出て、学校に向かった。
　まだＨＲが始まる時間よりずいぶん早いから、歩いてい
る人も少ない。
　少し前に、女の子がふたり並んで歩いているくらい。
「ねえ、なんで氷高様、女子寮の前にいたんだろ……！」

　……ん？

「誰か待ってるとか!?」

「え？　でも氷高様って女子苦手じゃなかった？」

　女の子たちの会話に、冷や汗が頬を伝った。

　ま、まさかっ……。

　拓ちゃん、女子寮の前で私のこと待ってないよね……？

　でも、氷高様って……拓ちゃんのことな気がする……。

　念のため、私は女子寮のほうへ向かった。

　恐る恐る、木の陰から女子寮を見る。

　い、いたっ……！

　私の視界に映ったのは、スマホをいじりながら立っている拓ちゃんの姿。

　急いで裏側から女子寮の玄関に回り、さも今出てきたかのように装って拓ちゃんに近づいた。

「あ、あれ、拓ちゃん？」

　偶然を装い、名前を呼ぶ。

「由姫！」

　拓ちゃんは私を見るなり顔をぱあっと明るくさせ、駆け寄ってきた。

「どうしたの、こんなところで」

「由姫のこと待ってた」

「そ、そうだったんだ、ありがとう……！」

　もしそのまま学校に行ってたら、拓ちゃんに疑われてたかもしれない。

　さっき話していた女の子たちに、心の中で感謝する。

　それにしても、いったいいつから待っていてくれたんだろう？

「風邪、もう平気なのか？」

　心配そうに顔を覗き込んでくる拓ちゃんに、笑顔を返す。

「うん！　もうばっちりだよ！」

「そっか。ならよかった……」

　ほっと胸を撫で下ろし、拓ちゃんは私の頭を撫でた。

「あんまり無理するなよ。しんどかったらいつでも言って」

　頼ってもいいと言ってくれる人が、たくさんいる。恵まれているなと、自分の環境に感謝したくなった。

　いつもありがとう、拓ちゃん……。

　……拓ちゃんには、言っておかなきゃ。

　fatalのみんなのことと、春ちゃんとのこと……。

「あのね……私、拓ちゃんに言わなきゃいけないことがあるの」

「言わなきゃいけないこと？」

「うん。い、いくつか」

　生徒会に入ることを話していないのも思い出して、歯切れが悪くなった。

　拓ちゃんは不思議そうにしたあと、腕時計を見て口を開いた。

「時間あるし、俺の部屋行くか？」

　万が一、誰かに聞かれたら困るなと思ったから家で話すことに。

　お言葉に甘えて、拓ちゃんの部屋にお邪魔した。

　拓ちゃんの部屋に来るのは、2回目だ。

　相変わらずものが少ないなと思いながら、ソファに座らせてもらう。

「はい」

　拓ちゃんが差し出してくれた、飲み物の入ったコップを受け取る。

「わっ、いちごミルクだ……！　ありがとう！」

　いつも飲んでいたから、覚えていてくれたのかな。

　それにしても、家にいちごミルクがあるなんて……拓ちゃん、辛党<ruby>党<rt>から</rt></ruby>じゃなかったっけ？

「それで、話って？　なんかあったか？」

　私の前に座った拓ちゃんが、心配そうに聞いてきた。

　どこから、話そう……。

　少しだけ、コップを握ったまま頭の中で話を整理する。

　……いや、深く考えず、そのまま話せばいいんだ。

　そう思って、私は恐る恐る話し始めた。

「fatalのみんなに会ったの」

　拓ちゃんの表情が、一瞬にして変わる。

　私たちの間に緊張感のようなものが流れて、空気がピリついた。

　じっと私の言葉を待ってくれる拓ちゃんに、えへへと笑った。

「拓ちゃんが、言ってたとおりだった」

　できるだけ平気なふりを装ったつもりだったけど、拓

ちゃんの表情が今度は悲しげに変わる。

　私はなんだかその顔を見てられなくて、視線を足元に落とした。

「初めに言ってくれた時……拓ちゃんが言ってることを、信じられなくてごめんね」

　せっかく教えてくれたのに……信じられなくてごめんなさい。

　それを、ずっと謝りたかった。

　だって私は、真実を話してくれた拓ちゃんじゃなくて、嘘をついていた春ちゃんを、信じたいと思ってしまったんだから。

　拓ちゃんには、失礼なことしちゃったな……。

　それなのに……。

「信じられなくて当然。謝らなくていいから」

　拓ちゃんは何も気にしていないとでもいうかのように、優しい言葉をくれる。

「fatalのみんなのことも、春ちゃんのことも……まだ先のことは考えられないけど、ちゃんと受け入れたから」

　そう言って、いちごミルクをごくごくと飲む。

「ふふっ、おいしい」

　拓ちゃんに微笑むと、拓ちゃんも私を見て、ふっと笑ってくれた。

「……由姫がこの学園に来た日に、俺が言ったこと覚えてる?」

　……え?

「もし何かあったら、俺に言って。俺……いつだって由姫の力になりたいから」

　拓ちゃん……。

　にこっと笑顔を浮かべている拓ちゃんに、目頭が熱くなった。

「ありがとう」

　ほんとに……とっても心強いよ。

「すぐに立ち直ろうとする必要ない。ゆっくりでいいよ」

「うんっ……」

　拓ちゃんに話せて、なんだかとてもすっきりした。

　って、もうひとつ言わなきゃ……！

「そ、それとね……」

　再び口を開いた私を見て、拓ちゃんが「ん？」と首をかしげた。

「生徒会に、入ることになったの……」

「……は？」

　拓ちゃんの目はまん丸と開き、口はぽかんと開いている。

　お、怒られちゃうかも……と、少しだけ身を縮めた。

「断りに行ったんだけど、じつは……幹部のひとりに、サラだってバレちゃって……」

　今度は声も出ないのか、驚愕したまま固まっている拓ちゃん。

「……変装してたのに、か？」

「うん。すごいよね……骨格でわかったみたい……」

「なんだそいつ……」

「それで、生徒会に入らなかったらサラだってバラすかもって言われて、そのまま入る形になっちゃって……」

　反応が怖かったけど、言えてよかった。

　肩の荷がどっと下りて、ふぅ……と胸を撫で下ろす。

「……そいつ、南凛太郎か？」

　……え？

　拓ちゃんの口から出た名前に驚いて、今度は私が目を見開いた。

「どうしてわかったの……!?」

　幹部とは言ったけど、南くんの名前はひとことも出してないのに……。

「サラのこと、執念深く探してた奴のひとりだから。しかも……一番厄介」

「厄介？」

「俺にまでたどりついた唯一の相手」

「えっ……」

　う、嘘……！

　どうしてそんなことまでわかったんだろう……!?

　拓ちゃんが幼なじみって知ってる人は、fatalにも誰もいないのに……！

「まあでも、由姫の名前まではわからなかったっぽい。ただサラの幼なじみってことがバレて、一時期しつこくつきまとわれてた。何も言わなかったけど」

　拓ちゃんは当時のことを思い出しているのか、心底面倒くさそうに言った。

　南くんに、相当つきまとわれていたのかもしれない。
「そいつ……俺が始末しようか？」
　真顔でそんなことを言い出す拓ちゃんに、慌てて首を横
に振る。
「そ、そんなことしなくていいよ……！　それに、南くん
は悪い人じゃないから」
　言わないって約束してくれたし、南くんは無害なはずだ。
　そ、それに、始末って……いったい何をするつもりなん
だろう……。
「いや、あいつ……相当腹黒いと思うけど……」
　拓ちゃんはぼそりと何か言ったけど、はっきりと聞き取
れなかった。
　とにかく、もう生徒会に入ることは決まってしまったし、
fatalのみんなと関係がなくなる以上、加入を断る理由は
ない。
「もう入るって決めたの。生徒会の人たちには恩があるか
ら、力になりたいなって思う」
「……恩？」
　ぎくっと、体の中からそんな音が鳴った気がした。
「さ、最初に、校内案内してくれて……あはは」
　い、いけないいけないっ……また口をすべらせてしまう
ところだった……。
　私が生徒会寮にいることは、絶対に誰にもバレちゃいけ
ないっ……。
　拓ちゃんは、考えるような仕草をしたあと、不満そうに

しながらも文句を言う気はないみたいだった。

「何かあったら、すぐに言えよ？」

「うん！」

　認めてもらえてよかった……と、安堵の息を吐く。

　今日も、学校が終わったら生徒会室に行く予定だ。

　風邪のせいで生徒会も休んでしまったから、遅れは取り戻さないと。

「それじゃあ、そろそろ教室行こっか」

　拓ちゃんの言葉に時計を見ると、もうHRが始まる20分前だった。

　私はこくりと頷いて、残っていたいちごミルクを飲んだ。

　教室につくと、もうほとんどのクラスメイトが登校していた。

　その中に、3人の姿も。

「「由姫ー!!」」

　弥生くんと華生くんが飛びついてきて、両端からぎゅっと抱きしめられる。

　ちょっと苦しかったけど、ふたりがかわいくて笑みが溢れる。

「みんなおはよう」

　そう言うと、席に座っている海くんも「おはよ」と笑顔で返事をくれた。

「風邪大丈夫？」

「もう治った？」

　心配そうにじっと見つめてくる弥生くんと華生くんに、こくりと頷く。
「うん！　心配かけてごめんね」
　ほっと、安心した様子で頬を緩めたふたり。
　ふふっ、かわいいなぁ。
　なんだか、弟が増えたみたい。
　微笑ましくて、ふたりを見つめていると、拓ちゃんの手が伸びてきた。
「お前ら由姫に触んじゃねーよ」
　弥生くんと華生くんの首を掴み、子猫を持ち上げるように引っ張る拓ちゃん。
　首を押さえられ、ふたりは苦しそうにしている。
「は、離せ猫かぶり!!」
「やめろ！　なんちゃって一匹 狼 !!」
　　　　　　　　　　　　　 （おおかみ）
「てめーら……」
　な、なんだか不穏な空気っ……。
「ほら、由姫が困ってるだろ」
　海くんが間に入ってくれて、拓ちゃんをなだめた。
　「ちっ」と舌打ちをし、ふたりを離した拓ちゃんにほっとする。
「３日休むとか相当熱出たんじゃないか？」
　再び席について、そう聞いてくる海くん。
　私もカバンをかけて、自分の席に座った。
「ううん。念のため安静にしてただけだから平気。熱もすぐに下がってたから！」

「そっか、無理するなよ」

「……にしても、なんでこいつと登校してきたの？」

　華生くんが、横目で拓ちゃんを見ながら不満そうにしている。

「寮の前まで迎えに来てくれたの」

　笑顔で伝えると、華生くんと弥生くんは何やら悔しそうに歯を食いしばった。

「抜け駆けしやがってっ……」

「ストーカー野郎っ……」

「その口、引き千切んぞカス双子」

　相変わらず拓ちゃんとふたりは不穏な空気だけど、なんだかいつもどおりで安心する。

　変わらない光景に、笑みがこぼれた。

「女子寮だと厄介だよな。お見舞い行けないし。ひとりで大丈夫だった？」

　そういえば、男の子は入れないのか。海くんの言葉にそう思ったけど、そのルールがあってよかった。

　私が女子寮にいないこと、バレるところだった……。

「う、うん！　平気だったよ！」

　なんとか自然な笑顔を浮かべながら返事をする。

「次風邪引いた時は、俺たちの部屋に来て！」

「看病してあげるから！」

　ぎゅっと両端から抱きつきながらそう言ってくれる弥生くんと華生くん。

「ふふっ、ありがとう」

「おいクソ双子!!　いい加減離れろ!!」

　拓ちゃんが、弥生くんのイスの足を蹴った。

　今の状態は、私の席の両隣にふたりがイスを持ってきて、隣に座っている状態。

　つまり、海くん・華生くん・私・弥生くん・拓ちゃん、というキレイな横一列。

「無理」

「俺たち、由姫不足で死にそうだから補給してんの」

　離れるどころかしがみついている腕に力を加えたふたりを見て、拓ちゃんが悔しそうに舌打ちした。

「んなもん、俺もだっつーの……」

　……え？

　拓ちゃんも、くっつきたいのかな？

　人肌が恋しい季節なのかも……！という謎の思考になり、拓ちゃんのほうを見る。

「拓ちゃんもぎゅってする？」

「……っ！」

　私の提案に、拓ちゃんはなぜか顔を真っ赤にして視線を逸らした。

「む、無理……!!」

　がーん……！

　そ、そんな嫌だったの……。

　あからさまに拒否され、ショックを受ける。

「急にハグとか、ハードル高すぎだ……」

「あんなむっつり放っておこう」

「照れキャラとか受けないでしょ……」

　ぶつぶつ言っている拓ちゃんに、なぜか弥生くんと華生くんは呆れた表情をしていた。

　……？

「そういえば由姫、うちの総長と知り合いだったの？」

　突然飛んできた海くんの質問に、びくっと肩が跳ねる。

「由姫のこと探しに来てたけど」

　そ、そういえば、そうだったんだ……。

　蓮さんが私を探してくれて、その時に教室に来たって海くんがメールで教えてくれた。

「え、えっと……せ、生徒会のお手伝いをした時に、知り合って……」

　どうごまかしていいかわからず、なんとかそんな答えを振り絞った。

　納得してくれたのか、「そうだったんだな」と驚いた様子の海くん。

「ほんと、びっくりしたよあれ……」

「ね、なんかすごい形相で来たし……nobleの総長とか久しぶりに見た」

　蓮さんが来た時、華生くんと弥生くんもいたんだ。

　ふたりの反応に、そう察する。

「……なんだその話、俺は聞いてないぞ」

　あ……た、拓ちゃん……。

　どうやら、拓ちゃんはいなかったらしい。

　眉間にこれでもかとシワを寄せた拓ちゃんに、苦笑いが

こぼれる。

「由姫が休んだ前日だったかな？　氷高は由姫がいないならってとっとと帰っちゃったから」

「なんでnobleの総長が由姫を探しに来るんだよ」

　たしかに、ちょっとおかしな話だよね……。

　みんなは私が蓮さんと交流があることを知らないし、そんなすごい人と私なんかに接点があることに違和感をいだくだろう。

「わ、私が生徒会室に忘れものをしちゃって……それで探してくれてたの！」

「総長が直々に？」

「ほ、他の人が出払っていたみたいで、その日に必要なものだったから……」

　なんとか言い訳を繰り返すと、拓ちゃんはそれ以上は追求してこなかった。

　よかった、ごまかせて……。

「由姫が生徒会に入るって、ほんとだったんだ」

　そういえば、海くんって幹部なのに生徒会には入っていないのかな？

　生徒会室で一度も見かけたことはないけど……そのうち会えるだろうか？

「ほんとだよ。だからこれからは、放課後行かなきゃいけないの」

　みんなと宿題をしたり遊びに行ったりする機会も、必然的に減ってしまう。

「「えー!!」」
　私の言葉に、弥生くんと華生くんが顔を真っ青にした。
「そんな……！」
「嫌だよ……！」
　うるうるした目に見つめられ、罪悪感を感じる。
「ごめんね。テストの時は活動しないって言ってたから、
その時は一緒に勉強しようね」
「うん……絶対だよ！」
「約束！」
　寂しそうにしながらも納得してくれたふたりに、「うん」
と頷いた。
「「クソnobleめ……」」
「ふたりとも？」
「「ううん、何もないよ」」
　相変わらず、私にくっついているふたり。いつもと変わ
らない賑やかな空気に、なんだかとても安心した。
　変わるものもあれば、変わらないものもある。それを、
みんなが教えてくれた気がして胸の奥が温かくなった。

大切な友達

　お昼ご飯を食べ、少し早めに教室へ戻る。

　次の授業が始まるまで時間があるから、みんなでたわいもない話をしていた。

「……ちっ」

　ん？　カバンの中をあさりながらため息をついた拓ちゃんに、首をかしげる。

「どうしたの拓ちゃん？」

　何かあったのかな？

「ノート忘れた」

「あー、今日たしか提出だったよな？」

　答えた拓ちゃんに、海くんがそう言葉を投げた。

「まあいい。いつも出してねーし」

　い、いつも出してないの……？

　さらりと衝撃的な発言をする拓ちゃんに、心配になった。

　提出物は出さないとダメだよ。

　拓ちゃんが頭がいいことは知ってるけど、それだけで高成績は取れないし、テストの点がいいならなおさらもったいないっ……。

　まだ授業まで時間に余裕があるし、急げば間に合う。

「拓ちゃん、取りに行ったほうがいいよっ」

　私の言葉に、拓ちゃんはふっと微笑んだ。

「うん。取りに帰る」

　あっさりと忠告を聞き入れてくれた拓ちゃんに、胸を撫で下ろす。
「即答……さすが番犬。いや、忠犬か？」
　忠犬？
　謎の言葉を吐いた海くんを、拓ちゃんが睨んだ。
「殺すぞ」
　そんなに殺気立たなくてもっ……。
　海くんは相変わらずというか、拓ちゃんの威圧に全く怯んでいないけど。
「急いで行ってくる」
「うん！　行ってらっしゃい」
　立ち上がった拓ちゃんに手を振ると、弥生くんと華生くんに「由姫にベタベタすんじゃねーぞ」と言い残して教室を出ていった。

「氷高はほんと変わったな〜」
　出ていった拓ちゃんのほうを見ながら、海くんがそんなことを言う。
「え？」
　変わったってどういうことだろう？
　拓ちゃんはずっと前から、あんな感じだと思うけど……。
　そう思ったけれど、弥生くんも海くんに同意するように首を縦に振っていた。
「ほんとだよ。由姫が来るまではあんなに不真面目だったくせ──」

「ストーップ。それ以上言ったら殺されるぞ～」

　何か言いかけた弥生くんの口を、海くんが手で塞いだ。

　今、不真面目って言葉が聞こえた気がするけど……気の
せいだよね？

「むぐっ、はなひやがへ!!」

「おい!!　やよに触んな!!」

「はいはい、わかったから本気で殴るのやめてくれ」

　なんだか楽しそうな3人の姿に、よくわからないけれど
微笑ましくて笑みがこぼれた。

　なんて言うか、海くんとふたりは仲がいいと言うか、信
頼し合っている気がする。

　ふたりとも海くんに対して当たりは強いけど、弟がお兄
ちゃんに戯れるようなかわいいものに見えた。

　なんだか本当に、兄弟みたい。

「あ、そういや俺もさっき水買い忘れたから買ってくる」

　微笑ましくみんなを見ていると、海くんがそう言って立
ち上がった。

「早く行け！」

「帰ってくんな！」

　あはは……ふたりはきっとツンデレなんだね。

「行ってらっしゃい」

　手を振って海くんを送り出す。拓ちゃんと海くんがいな
くなり、弥生くんと華生くんと私だけになった。

「なんだか3人って珍しいね」

　後ろのふたりにそう言えば、ふたりともうれしそうに微

笑み返してくれた。

「邪魔者が消えた〜」

「はぁ、あいつら本当に帰ってこなくていいのに……」

　冗談ではなさそうな声のトーンに、少しだけ本当に仲が悪いの……？と、心配になった。

　き、きっと照れ隠しだよね、あはは……。

　苦笑した時、華生くんがハッとした表情を浮かべた。

　何かを思い出したような顔を見て、不思議に思う。

　どうしたの……？

「なあ、やよ、あのこと……」

　ぼそりと、弥生くんの耳元で何かを言った華生くん。

　弥生くんもハッとした表情に変わって、ふたりはお互いの顔を見ながら頷き合った。

　……？

「ねえ由姫、ちょっと来て？」

「え？」

　弥生くんが、私の手を掴んだ。もうひとつの手は、華生くんに握られる。

　引っ張られるまま席を立ち、何もわからないままふたりについていった。

　連れて来られたのは、近くの教室だった。

　クラス分け授業の時に使われる教室なのか、今は人の姿はない。

　イスに座って、私は首をかしげた。

「どうしたの？」

　急にこんなところに連れてくるなんて、話したいことでもあったのかな？

　わざわざ移動してきたってことは……人前ではできない話ってこと？

「えっと、ちょっと聞きたいことがあって……」

　やっぱり話があるのか、弥生くんが言いにくそうな表情をしながら口を開いた。

　私はじっと、次の言葉を待つ。

　神妙な面持ちをしたふたりに、なんだか怖くなってきた。

　わ、私、何かしちゃったかな……？

　少しの間、沈黙が流れた。

　それを破るように話を切り出したのは、華生くん。

「由姫、風紀の教室に来たことある……？」

　……え？

　まさかそんなことを聞かれると思っていなくて、思わずごくりと喉を鳴らしてしまった。

　風紀の教室って……。ふたりが聞きたがっているのはきっと、"あの日"のことだ。

　私がみんなに会いに行った……あの日。

　あの場にいた誰かに聞いたのかな……？

「その、先輩たちから聞いて……何かあったのかなって気になって」

　私の心を読んだかのように、今度は弥生くんが言った。

　どうしよう……変にごまかすこともできない。

　下手な嘘をついたらバレるかもしれないし、慎重に答え
なきゃ。
　ふたりに嘘をつくのは嫌だけど……ごめんなさい。
　まだ、本当のことは話せないの。
　私にサラという通り名がついていることも、昔、fatal
の仲間だったはずなことも——。
「……そうなの。実は、間違えて入っちゃって……」
　私は苦笑いしながら答えた。
　ふたりは私の言葉に、なぜかとても安心したような表情
になった。
　ほっと、安堵の息を吐いた弥生くんと華生くん。
「そうだよね……！　間違えただけだよね……！」
「ふふっ、由姫ってばおっちょこちょいだな〜」
　さっきまでの重たい空気は消えて、いつも私たちの間に
流れているような和やかな空気に戻った。
　バレないように、私も安堵の息を吐く。
　"間違えて入った"だけで納得してくれてよかった……。
「あれ、fatalの第二アジトなんだ」
　もちろん知っているけど、「そうだったんだ」と知らな
いふりをする。
　ごめんね、ふたりとも……。
「もしかして、中にいた人たちに何か言われた……？」
　華生くんが、心配そうに聞いてきた。
　ふたりは、いったいどこまで聞いたんだろう……？
　私が教室に入ってきたって話を、みんながしてたってこ

170

とだよね？

　その上、何か言われたか質問してきたってことは……私のことを悪く言っていたんだと思う。

　そう思うと、正直すごく悲しかった。

　でも、ふたりに心配はかけたくない。

「わ、私なんかが急に入ったから、不審者と間違われたみたいで……相手の人たちのこと困らせちゃったみたい」

　あははと笑いながら答えると、ふたりは悲しそうに眉の端を下げた

「……ごめん」

　……え？

「どうして弥生くんが謝るの？」

「たぶん、由姫が会ったのはfatalの先輩なんだ」

　あ……やっぱり、なっちゃんたちから聞いたのかな。私が教室に行ったこと。

　変に嘘をつかなくてよかった。

「あんな人たちとつるんでるって知って、幻滅した？」

　華生くんの言葉に、すぐに首を横に振った。

　そんなこと、あるわけないよ。

　同じグループだけど、ふたりとfatalのみんなは別だ。

「幻滅なんてしないよ。私は、ふたりが優しいこと知ってるもん。他の人と、弥生くんと華生くんは違うよ」

　私はそう言って、ふたりの頭を撫でた。

「由姫……」

　ふたりから、同時にぎゅっと抱きつかれた。

　力が強いから苦しいけど、今はなんだかふたりがかわい
く見えた。

　じゃれつく子猫みたい……ふふっ。

「大好きっ……もし誰かに意地悪なこと言われたら、すぐ
に俺たちに言ってね」

「由姫のためなら、先輩でもなんでも黙らせてやる」

　弥生くん、華生くん……。

「ふふっ、ありがとうふたりとも」

　そう言ってくれるだけで、とってもうれしいよ。

　初めは仲良くなれるか不安だったけど、ふたりと友達に
なれてよかった。

　……それにしても、やっぱりちょっと苦しいっ……。

　ぎゅぎゅっと両端から抱きしめられていて、身動きが取
れない。

　どうしよう……と思った時、教室の扉が勢いよく開いた。

「おい!!　このサル双子……由姫から離れやがれ!!」

　た、拓ちゃん……!?

　鬼の形相をした拓ちゃんが教室に入ってきて、私たちの
もとに飛んできた。

　すぐに弥生くんと華生くんを掴んで、私から離した拓
ちゃん。

「おまっ……なんでいるんだよ!!」

「由姫にGPSでもつけてるだろ!!」

「つけてねーよ!!　俺がいないと思ったら変なとこ連れ込ん
でこそこそしやがって……今日という今日は許さねーから

な……由姫の前に立てねーような顔にしてやるよ!!」

　拓ちゃんは「ふたり揃って顔面改造してやる」と言いふたりの顔を掴んでいる。

　ふたりの悲鳴を聞きながら、私は苦笑いで拓ちゃんを止める。

「あああ!!　潰れる!!」

「やめろ……!　俺たちのキレイな顔が……!!」

「どっからどう見ればキレイな顔なんだよ、ああ？」

「た、拓ちゃん、やめてあげて……」

　必死の説得の末、拓ちゃんを静めることに成功した。

　暴力はダメだけど……こんな賑やかな毎日が、続けばいいな。そう思うと、自然と笑顔になっていた。

　放課後になり、生徒会室に向かう。

「ねえ見て、あれ例の編入生だよ……」

　うっ、相変わらず視線が痛いなぁ……。

　こそこそと言われるのにはもう慣れたけど、居心地はよくない。

　でも、今日は少しいつもと違った。

「お疲れ様です！」

「……え？」

　突然私に向かって、頭を下げた男子生徒。

　見覚えがないその人に、一瞬何事かと固まってしまった。

「お……お疲れ様、です……！」

　無視するわけにもいかず、ひとまずそう返す。

　な、なんだったんだろう……。

　人違い、とか……？

　そう思ったけど、その後も挨拶が続いた。

「おい、あの人だぞ」

「お疲れ様です……！」

「今日も生徒会ご苦労様です！」

　通りすぎる男子生徒が、次々と挨拶をしていく。

　これは、まさか……生徒会に入ったから……？

　舜先輩が伝えておくとか言ってた気がするけど……こ、これはさすがに……。

　たぶん挨拶をしてくれているのは、nobleの人たちだと思う。

　今日はひとりになる機会が少なかったから気づかなかったけど、別に偉い人でもない新入りの私に挨拶なんていらないのに……。

　私は気をつかわせないように、できるだけ気配を消して生徒会室に向かった。

「由姫!!」

　生徒会室に入るとすぐに南くんが駆け寄ってきて、心配そうに顔を覗き込んでくる。

「風邪大丈夫だった？　蓮くんの家にいたんでしょう？」

　あれ、どうして知ってるんだろう？

「僕、お見舞いに行ったのに、入れてくれなかったんだよ！」

　ぷくっと頬を膨らませながら話す南くん。

　そうだったの……！

　来てくれたことも知らなかった。

　もしかしたら、蓮さんが気をつかって断ってくれたのかもしれない。

「由姫、大丈夫だったか？」

　自分の机で仕事をしていた舜先輩も、こっちへ歩み寄ってきてくれた。

「治ってよかった。心配したぞ」

　滝先輩も、いつもの無表情のままだけど、心配してくれたのが伝わってくる。

「ご心配おかけしました……！　もう平気です！」

　笑顔でそう言って、皆さんに頭を下げた。

「遅れた分、しっかり働きますので！」

「無理は禁物だ。今週はそれほど仕事が溜まっていなかったから、気にしなくていい」

「ありがとうございます」

　忙しい時期ではなかったようで、少しだけほっとする。

「そういえば、舜先輩……」

「ん？　どうした？」

「今日、何人もの男子生徒に挨拶されたんですけど、それってもしかして……」

「ああ、nobleの奴らだろうな。由姫に無礼がないように通達がいっている」

　や、やっぱりnobleの人たちだった……！

「あ、あの、気をつかわなくて構わないので……！　なん

だか申し訳ないです」

「生徒会に入ったんだから、もう仲間だ。由姫のほうこそ気をつかうな」

　仲間……。

　挨拶をさせてしまうのはちょっと気が引けるけど、仲間だと言ってもらえたのはうれしかった。

　生徒会室の扉が開いて、蓮さんが入ってくる。

「由姫、もう来てたのか」

「はいっ」

「体調は？　無理してないか？」

　最近気づいたけど、蓮さんは過保護だ。

　もう全然平気なのに、心配でたまらないといった顔で見つめられくすぐったい気持ちになる。

「も、もう元気ですよ！」

「そうか……」

　ほっと、大げさなくらい安心している姿に、あんまり心配はかけないようにしようと決めた。

「元気になってほんとによかった……僕、この前連絡先聞くの忘れちゃったから電話もできなくて……」

　そういえば、南くんとはまだ連絡先を交換していない。

「ってことで、連絡先交換しよう？」

　目を輝かせている南くんに、断る理由もなかった。

「うんっ」

「そうだな。俺たちも頼む。知らないと何かと不便だろうしな」

　舜先輩、滝先輩とも交換し、友達が３人追加された。
「南くんのアイコンかわいいね」
　猫と南くんのツーショットに、見ているだけで和む。
　南くんもお人形さんみたいにかわいいから、どこのアイドルかと思ってしまうくらい。
「ふふっ、でしょう？」
　南くんもこの写真には自信があったのか、うれしそうに笑った。そんな私たちを、なぜか先輩たちが不思議そうに見ている。
「なあ、なんで南にはタメ口なんだ？」
　……え？
　蓮さんの言葉に、首をかしげた。
　なんでって言われても……。
「しかも愛称も "くん" づけか。いつの間に仲よくなったんだお前たち」
　舜先輩まで……。
「えっと……だって、南くんは先輩じゃないので」
「……ん？　南も３年だぞ？」
　滝先輩のセリフに、一瞬理解が追いつかなかった。
「……っ、え？」
　南くんが、３年生……？
　う、嘘……！
「み、南くん、年上だったの……!?」
　驚きのあまり開いた口が塞がらない私。
　南くんは、いつものかわいらしい笑顔を浮かべていた。

「そうだよっ！　もう、子供扱いなんてひどいなぁ〜」

「ご、ごめんなさい、かわいかったからつい年下だと……」

　身長も160センチくらいの小柄だったから、まさか年上だと思わなかった。

　って、し、失礼だよね……。

「ふふっ、由姫だから許してあげる」

　怒っている様子はなく、むしろなんだかうれしそうな南くん。

「あ、ありがとう。……ご、ございます」

　た、タメ口はやめたほうがいいや……。

　暴走族って、結構年功序列とか厳しいから、他の人にも示しがつかないだろう。

「タメ口のままでいいのに！」

「そ、そういうわけには……」

「はぁ……他人行儀で寂しいなぁ……僕うさぎだから、寂しくて死んじゃう……」

　悲しそうに眉の両端を下げた南くんに、うっ……と罪悪感に襲われる。

　先輩にタメ口なんて、いいのかな……。

「わ、わかったっ……！」

　おそれ多い気がするけど、そこまで言われたら……。

「ふふっ、ありがとうっ」

　南くんの笑顔が戻ったので、ひとまず敬語はやめておくことにしよう。

「俺たちにもタメ口で構わないぞ」

「それはさすがに……」

　舜先輩の言葉に、あははと苦い笑みがこぼれる。

　南くんはかわいらしいというか、なんだか同級生のような親近感を感じるけど……さすがに副会長の舜先輩にタメ口はできないよ。

「じゃあ、僕だけ特別だぁー！」

　なんだかとってもうれしそうな南くん。理由はわからないけれど、微笑み返しておいた。

　……蓮さんが、そんな私と南くんを、じっと見ていたことも気づかず。

「それじゃあ、由姫にはさっそくこれを頼む」

　舜先輩から渡された資料に、目を通す。

「何かわかるか？」

「週別の……何かの経費ですか？」

「そうだ。部活動の経費をまとめているものなんだが、先月のものを例月と比較して、来月の経費を決めている。今月の経費も揃ったから、入力を頼みたい」

　今日はいたって簡単な作業らしく、安心する。

「わかりました。ソフトは何を使って……」

「由姫、俺が教えるからこっち来て」

　話を聞いていたのか、蓮さんがそう言いながら私の手を引いた。

「はい、お願いしますっ」

　よーし……生徒会に入っての初仕事、頑張るぞ!!

恋敵上等
こいがたき

【side南】
　誤算だった。
「由姫、俺が教えるからこっち来て」
「はい、お願いしますっ」
　前より一段と距離を縮めた様子の由姫と蓮くんを見て、こっそりと下唇を噛む。
　普段誰かに教えるとかそんな親切な行為はしないくせに、由姫のこととなると必死だなぁ……。
　舞くんや滝くんも、由姫の隣に座って丁寧に教えている蓮くんを見て若干呆れ気味。
「人は恋愛でここまで変わるものなんだな」
「由姫が入ってくれてよかった」
　……なーにが、よかっただよ。
　ふたりとも、気づかないの？
　ここに、サラがいるんだよ！
　僕たちがずーっと探してきたサラが！　蓮くんの隣に！
　まったく……僕はふたりに呆れちゃうよ……。
　バレないように、小さくため息をつく。
　それにしても……。
　fatalの現状を知ってショックを受けた由姫を、僕が慰める手筈だったのに……。
てはず
　由姫がfatalに行くと言っていた日。

　きっとfatalの奴たちは"サラ"に気づかない。そして、ひどい言葉を投げつけるだろう。

　だって由姫は、パッと見は地味な女の子。

　fatalの奴らが遊んでいるのは派手な女子ばっかりだし、地味な子はお断りだろうから。

　しかも、あいつらは口が悪いし下品だ。

　由姫は心ない言葉に傷ついて、泣いて帰ってくる。

　そこまでは予想できた。

　でも……由姫が、寮に帰ってこなかった。

　何度インターホンを鳴らしても出ない。

　もしかしたら、今は誰とも話したくないのかも……。

　その日はいったん諦めて、次の日に会うことを決めた。

　生徒会で会えるだろうし、その時にでも……『昨日はどうだった？』って、それとなく聞くんだ。

　そこで、落ち込んでいる由姫を慰める。由姫は僕を信頼してくれて、一気に距離が縮まる。

　……はずだったのに。

『蓮と由姫が欠席だそうだ。由姫が風邪を引いたらしくて、蓮の家で看病しているらしい』

　翌日、舜くんから聞かされた事実に僕は頭をかかえた。

　最悪……。

　昨日いなかったのは、蓮くんの家にいたから……？

『舜くん！　今日大事なプリントとかない？』

『大事なプリント？　ああ、学祭についての議論稿ならあるが……』

『それちょうだい！　蓮くんに届けるから！』

『……？　あ、ああ』

　理由をこじつけて、生徒会が終わってすぐ蓮くんの部屋に行った。

　──ピンポーン。

『なんだ？』

『蓮くん？　僕だよ！　生徒会の大事なプリントがあるから持ってきた！』

　……なんて、口実だけど。

　蓮くんは玄関を開けてくれたけど、その顔はすごく不機嫌だった。

『ねえ、由姫いるんだよね？　風邪大丈夫？』

『ああ』

『僕も心配だから会ってもいい？　お見舞い！』

『無理。帰れ』

『ええー！　なんでー!!』

『今寝てる。お前は騒がしいから風邪が悪化する』

　って、ほんとひどいんだから蓮くん！

　結局、僕は問答無用で追い出された。

　おかげで３日間も由姫に会えないし、その間、絶対に蓮くんと仲を深めてるだろうし、気が気じゃなかった。

　案の定、今もふたりで楽しそうに仕事をしてる。

　あーあ、由姫にfatalの居場所、教えるんじゃなかったなぁ……。

　敵に塩送っちゃった……。

　どうにかして、挽回<ruby>（ばんかい）</ruby>しないと。

　僕は仕事をしながら、由姫と仲よくなる方法を必死に考えていた。

　少し時間がたって、とっておきのものを冷蔵庫から取ってくる。

　サラのプロフィールは、名前と住所以外ほとんど調べずみだ。

　同級生の幼なじみがいて、弟がいる長女で、そしてそして……甘いものが大好き。

「ゆーき！　お菓子あるよ！　休憩しよう？」

　冷蔵庫から取ってきたスイーツを持って、広いテーブルに移動する。

　由姫に声をかけると、スイーツという言葉にぴくりと反応した。

　ふふっ、かわいいなぁ。

「私も食べてもいいの……？」

「もちろん！」

　笑顔で返事をすると、由姫は頬を緩めながらこっちへ歩み寄ってきた。

　そして、なぜか蓮くんもついてくる。

　もう、邪魔だなぁ～。

「じゃじゃーん！　マカロン！　何味がいい？」

　僕が出したお菓子を見て、由姫の目がキラキラと輝く。

　どうやら、マカロンは大好物みたい。

「いちごがいい……！」

「はい、あーん」

　いちごのマカロンを取って、由姫の口に運ぶ。

　赤くなったり戸惑ったりするかと思ったのに、意外にも口を開いて受け入れた由姫。

　……うわ、意外と無防備だ。

　こんなにかわいいから警戒心が強いと思ってたのに、心配になるなぁ。

　口に入れると、由姫は幸せそうに目を瞑ってマカロンを噛みしめている。

　ふふっ、かわいい。

　顔見えないから、メガネ外してほしいなぁ。

　いや、舜くんや滝くんにバレたら困るから、僕の前以外ではダメだけど。

「……おい」

　のん気なことを考えていると、蓮くんの低い声が投げられた。

　……あちゃ、蓮くん激おこだ。

「ふふっ、蓮くんも食べる？　あーん！」

　"由姫を特別扱いしている"とバレたら困るから、蓮くんにもおすそ分け。

　ま、蓮くんは甘いの嫌いだから、食べないだろうけど。

「そんなゴミを見るような目で僕を見ないでよー！」

　案の定、目を細めて僕を見る蓮くんに笑う。

　蓮くんには……僕が由姫を好きなこと、内緒にしなきゃ。

　一応 "約束" があるし、僕が好きなのはあくまで "サラ" っ
てことで、警戒されないようにしよう。
　……って言っても、今日でもう十分警戒されちゃったか。

　その日の生徒会が終わって、みんなで寮に帰る。
　部屋に戻って数分がたった時、インターホンが鳴った。
　……来た来たっ。
「はーい！」
　玄関を開けると、そこにいたのは蓮くんの姿。
「話がある」
　僕を見下ろしながら、こわーい顔をしている蓮くん。
「蓮くんが僕に話なんて、珍しいね！」
「なんのことかわかってるな？」
「ん〜、なんだろう〜？」
　「わかんないなぁ〜？」と言って、悩むポーズをする。
　蓮くんはそんな僕を見て、またゴミを見るような目を向
けてきた。
「前々から思ってたが、お前のそのかわいこぶるやつ、気
持ちわりーからやめたほうがいいぞ」
「ひどい蓮くん！　僕怒ったぞ！　プンプン！」
　ぶりっこじゃないもん！　かわいいからいいの！
　──かわいいほうが、みんな油断してくれるし。
「……で、由姫のことがどうしたの？」
　笑顔のまま、聞き返した。
「……」

　蓮くんはまるで宇宙人でも見るかのように僕を見ていて、僕は「なになに？」と急かす。

「俺が言った約束、忘れてないよな？」

　蓮くんが言っているのがどの約束なのか、もちろんすぐにわかった。

『由姫のことを好きになるな』

　忘れるわけないよ！　男と男の約束だったもんね！

　たぶん蓮くんが聞きたいのは、『約束はまだ成立しているか』ってこと。

　今日の僕の由姫への態度で、僕が由姫を好きになったんじゃないかって疑ってるんだと思う。

　だから僕は、蓮くんのその不安を晴らすように笑顔で言ってあげた。

「もっちろん！　僕はサラが大好きだよ！　僕にはサラだけ！」

「……ならいい。あんまり由姫のことからかうなよ」

　蓮くんは自分が言いたいことだけ言って、とっとと帰っていこうとする。

「ねえ蓮くん」

「あ？」

「蓮くんも、僕との約束忘れてないよね？」

　忘れたとは言わせないよ。

「サラのこと、好きにならないって約束」

「それがなんだ？」

「ふふっ、ううん！　覚えてるならいいんだっ」

　僕も確認ができてよかった。

　もう用はないとでもいうかのように、蓮くんが背を向けて帰っていった。

　その背中を見て、ふっと笑みがこぼれる。

「……お互い様だね、蓮くん」

　蓮くんだって約束破ったことになるんだから、怒らないでね。

　蓮くん怒ったら怖いからなぁ〜。

　ふふっ、これからは蓮くんの前では、由姫のこと〝後輩としてかわいがってる〟体でいかないと。

　こっそりひっそり、由姫との仲を深めてやるんだから！

　蓮くんがライバルなんて骨が折れそうだけど……。

　──上等だよ。

　サラ……由姫への気持ちも片思いの長さも、蓮くんには負けないから。

　由姫だけは、譲ってあげないからね。

過去と今

　翌日。今日は土曜日だから、授業は4時間目まで。
　生徒会は夕方4時まであるらしく、今日はたくさん仕事があるらしい。
「由姫、もう生徒会行くの?」
　授業が終わり、カバンを持って立ち上がった私に、拓ちゃんが聞いてきた。
「うん!　生徒会でお昼ごはん食べるんだって。その間に校内の近況報告があるとか……」
　お弁当を持ってきたから、生徒会室で食べる予定だ。
「げ、昼メシの間もそんな話?」
「生徒会って、めんどくさそう……」
　弥生くんと華生くんが、顔をしかめている。
　たしかにとっても大変そうだけど、だからこそ少しでも先輩たちの仕事を減らせたらいいなと思う。
　この前の部費の集計表も、1回1回作るのが面倒くさそうだから、試作のプログラムを作ってみた。今日、提案する予定だ。
　よし、早く向かおう!
「ふふっ、みんなバイバイ!　また来週」
　みんなに手を振って、私は教室を出た。
　一番近道で生徒会室に行ったら、学食の混雑に巻き込まれるため、少し遠回りして向かう。

……それが、間違いだった。

あれ？

目の前から、女の子を引き連れて歩いてくるひとりの男の子。よく見ると、その姿はなっちゃんのものだった。

……っ。

思わず顔を伏せ、向こうが気づかないように端を歩く。

けれど、すぐに気づかれてしまったらしい。

「うわ、メガネ女じゃん」

なっちゃんの、嫌そうな声が聞こえて足を止める。

恐る恐る顔を上げると、なぜかなっちゃんはこっちへ近づいてきた。

な、何っ……。

今はfatalのみんなに、会いたくないのに……。

「なあ、お前なんでこの前風紀のとこ来たの？」

鬱陶しそうにしながら、この前のことを聞いてくるなっちゃん。

逃げたいけど、私の進路を塞ぐように立たれている。

……あれ？

よく見ると、なっちゃんを囲んでいる女の子ふたりはピンク色の髪をしていた。

それは見覚えがありすぎる髪色で……私と、ほとんど同じ髪色。珍しい髪色だと思うんだけど……ふたりともこの色って……。

違和感を感じて、ついじっと見てしまった。

「ちょっと何じろじろ見てんのよ」

「あっ……す、すみません……！」

　慌てて目を伏せると、なっちゃんが舌打ちをした。

「おいブス、てめーらは黙ってろ」

　……え？

　今のブスは、どうやら女の子ふたりに向けられた言葉らしい。全然ブサイクじゃないのに……なっちゃんの基準がわからない……。

「俺の質問に答えろよ」

　再び私に詰め寄ってくるなっちゃんに、一歩後ずさる。

　どうしよう……なんて言えば……。

　みんなに会いに行きましたなんて言っても、意味わからないって突っ返されそうだし……サラだなんて言えるわけがないし……。

　というか、もうみんなには言うつもりがなかった。

　どうしよう、適当に理由を……。

「由姫は生徒会に入ったんだ～」

　困っていた時、背後から声が聞こえた。

　振り返るよりも先に、その声の主が私となっちゃんの間に入る。

　南くん……？

「……あ？」

　なっちゃんは突然現れた南くんの姿に、驚いた様子で一歩後ずさった。

「ちっ……なんだよ」

「その日はね、僕と鬼ごっこしてたんだぁ～。罰ゲームがね、

激辛ラーメンだったの」

　……え？

「は？」

　なっちゃんは、ぽかんと口を開けている。

　正直私も、訳がわからなかった。

　み、南くん……助け舟を出してくれたんだろうけど、その言い訳はさすがに無理がありすぎると思う……。

「由姫、辛いもの苦手だから必死に逃げてて……それで、間違って入っていっちゃったみたい」

　そ、そんなの、信じるわけ……。

「意味わかんねーけど、頭狂ってるお前ならやりそうな話だな」

　し、信じた……！

　なぜか納得してしまったなっちゃんに、私のほうが驚いてしまった。

　南くんって、不思議キャラなのかな？

　けど、何はともあれ助かった……。

「ていうかー、生徒会のかわいい後輩を脅さないでよ夏目くん」

　なっちゃんと南くんは、どうやら知り合いみたいだ。

　3年生だもんね……同級生のことは、さすがに知っているのかな。

「……あ？　なんでてめーに言われなきゃ……つーか、生徒会？　こいつが？　正気かよ」

　なっちゃんは南くんの言葉に、ふっと鼻で笑った。

　そんななっちゃんに対して、南くんは笑顔を崩さない。

「由姫は超有能だからね〜、どっかの"ふぇいなんちゃら"って族の奴らより」

　ものすごく煽りにかかる南くんに、なっちゃんはまんまと釣られている。

「てめぇ……」

　なっちゃんが、怒りに震えている拳を振りかざした。

　南くんはすぐに、それを片手で止める。

　わっ……南くんって、かわいくて小柄だけど、力あるんだな。なっちゃんのパンチを軽々と受け止めるなんて、お見事っ……！

　私は他人事みたいに、ふたりの光景を見つめていた。

「もう夏目くんってば、校内で暴力はダメだよ〜。こんな人通り多い場所で！」

「は、なせよ……！」

「ふふっ」

　なっちゃんは南くんの手から逃れようとしているけど、まったく離れる気配はない。

　というより、南くんに離す気がないように見えた。

　南くんは、なっちゃんの拳を握ったまま、自分のほうへと引き寄せる。

「……な」

　なっちゃんの耳元に口を寄せて、ぼそりと何か言った。

　なんて言ったのか聞こえなかったけど、一瞬いつもの南くんとは違う、すごく怖い形相に見えたのは気のせい？

「……っ」

　なっちゃんの顔が、一瞬にして青ざめた。

「わかったら、今後は由姫に近づかないでね」

　にこっといつもの微笑みに戻り、つけ足すように言った南くん。

「ほら由姫、行こ！」

「あ……う、うん！」

　南くんに手を引かれ、頷く。

「じゃあまた明日教室で。バイバイ夏目くん！」

　私の手を握ったまま、もう片方の手でなっちゃんに手を振った南くんは、そのまま廊下を進んでいく。

　私は引かれるがまま、行き先は一緒だろうと南くんについていった。

「なんなんだよあの女は……つーかあいつ、骨、折る気だっただろ……」

　歩いていく私たちを見ながら呟かれたなっちゃんの声は、届かなかった。

　私の歩幅に合わせてか、ゆっくりと歩いてくれる南くん。

「南くん、ごめんね……！　助けてくれてありがとう」

　人気（ひとけ）が少なくなったのを確認し、お礼と謝罪をした。

「ううん、気にしないで！　それより、いったいどうしたの？　助け求めてるみたいだったからとっさにあんなこと言っちゃったけど、風紀の教室行った時に何かあった？」

　……っ。

　そうだ、南くんに居場所を教えてもらったのに……何があったのか、話していなかった。

「みんなに、サラだって言ったんだよね？」

　さっきの光景を見て、何かあったことを察したのか、南くんはためらいがちにそう聞いてくる。

　私はあまり心配をかけないようにと、少し無理に笑顔を作った。

「……ううん、言えなかったの」

「……そうなの？　fatalの奴らと、何かあった……？」

　遠慮がちに聞いてくる南くんに、ちゃんと話そうと思ったけど……。

「あの、話したら長くなりそうで……」

　生徒会室に行かなきゃいけないから、これ以上南くんを引き止めることはできない。

「じゃあ、生徒会が終わったら僕の部屋で話そうよ」

　そう言ってくれた南くんに、私はこくりと頷いた。

　その日の生徒会が終わって、みんなで生徒会寮に帰る。そして、いったん荷物を置きに自分の家に帰った。

　南くんが、『みんなにはふたりで話すのは内緒だから』と気をつかってくれたから。

　fatalのことなんて、南くんにしか話せないから、そうしてくれたんだと思う。

　少し時間をおいてから、南くんの部屋へと行かせてもらった。

インターホンを押すと、すぐに玄関のドアを開けてくれた南くん。

「どうぞ入って！」

「おじゃまします」

南くんの家は、意外……という言い方は失礼だけど、直感的に『男の人の部屋だな』という感想が出てくるような部屋だった。

もっとぬいぐるみとかがたくさんある、ファンシーな感じだと思ってた……。

家具は白で統一。インテリアがたくさんあって、観葉植物もあり程よく部屋の色味を足している。

すごく爽やかな室内に、なんだかそわそわしてしまった。

南くんに勧められるまま、ソファに座る。

「ふふっ、自分の部屋にサラがいるなんて、うれしいなぁ～」

飲み物を持ってきてくれた南くんが、私を見ながら微笑んだ。

「そ、そうなの？」

「うん！　僕の一番の憧れだもんっ！」

本当に、いまだどこに憧れてくれたのかは謎だ。

うれしいけど、普通私が南くんに憧れる側だと思う。

「それで……聞いてもいいかな？」

私の前に座った南くんが、そう話を切り出してきた。

もうfatalのことを話すことに躊躇はなく、あの時のショックも少しは和らいだ。

「あのね……」

　ゆっくりと、私はfatalのみんなに会いに行った日の出
来事を南くんに話した。

「そう、だったんだ……」
　私の話が終わった時、南くんはひどく悲しそうな顔をし
ていた。
「ごめんね、言いたくないこと話させちゃって……」
「ううん！　いいの！」
　むしろそんなふうに、気をつかわせてしまって私のほう
が申し訳ない気持ちだ……。
　もうみんなの変化は受け入れているし、気持ちは前に進
んでる。だから……私は平気。
「みんな、全然私に気づかなかった。でも、こんな格好し
てたら当然だよね」
　笑い話にしようと思って、自虐的に言ってみた。
　けど、南くんは笑うどころか、きょとんとした表情。
「……そうかなぁ？」
「え？」
　そうかなぁって……？
「僕だったら気づくよ。好きな子だったら、どんな格好し
てても」
　はっきりとそう言える南くんは、芯のある強い子なんだ
ろうな。まっすぐな視線に見つめられて、私のほうが動揺
してしまう。
　たしかに……そうだよね。

　蓮さんにも言われたけど……みんなに気づいてもらえなかったことを、自分のせいにするのはやめよう。
「現に、僕は気づいたでしょう？　由姫のこと」
　にっこりと笑う南くんは、やっぱりお人形さんみたいにかわいい。
　唯一、私がサラだと気づいてくれた人。
「ふふっ、その程度の奴らだってことだよ。だから、元気だして。由姫には、僕たちがいるよ」
　ここに……生徒会にいてもいいよと言ってもらえているみたいで、少しだけ気持ちが軽くなった。
「南くん……ありがとう」
　笑顔の南くんに、私も同じものを返す。
「……でも、由姫がfatalの現状を知らないこと、僕も認識不足でごめんね。僕がfatalの居場所を教えたから、結果的に傷つくことになって……ほんとにごめん……」
　負い目を感じているのか、申し訳なさそうな表情で謝る南くんに慌てて首を横に振る。
「そんな……！　南くんが謝る必要ないよ！　というか、早く知れてよかった。教えてくれてありがとう！」
　ちゃんと知れて……現実と向き合えてよかったって今は思ってるから。
「fatalの奴ら、ひどい奴らだとは思ってたけど……ほんとに最低だね。許せないや」
「私の分まで怒ってくれて、ありがとう」
　かわいくて優しい友達に、心からの笑顔を向けた。

「早く元気になってね、由姫。しんどい時は、僕と甘いものでも食べに行こう？」

「うんっ、行きたい！」

「おいしい場所たくさん知ってるから、いつでも行こうねっ!!」

　どうやら、校内にはまだまだ私の知らないスイーツスポットがあるみたい。

　南くんの言葉に、とっても楽しみな気持ちになった。

「南くんには、いつも元気もらってばっかりな気がする」

「ほんとに？　うれしいなぁ！　僕も由姫といるとすごく楽しい！　fatalの奴らに何か言われたら、いつでも僕に言ってね」

　南くんはかわいいけど、さっきなっちゃんから助けてくれたり、相談に乗ってくれたり、すごく頼りになる人だ。

　最初は生徒会に入らなかったらバラすなんて脅されて、怯えていたけど……あの日、南くんに見つかってよかったのかもしれない。

「ねえねえ、さっそくなんだけど、今からクレープ食べに行こうよ！　すごーくおいしいお店があるんだよ！」

「ほんと！　行きたい……！」

「よし決まり！　それじゃあ行こっか？」

　スイーツ話で盛り上がった私たちは、南くんの家を出て、クレープを食べに向かった。

願うのは、君だけ

【side夏目】

　あー、うざい。

　最近、うざいことばっか。

　冬夜は相変わらず真面目でうざいし春季は自由すぎてうざいし、下の双子なんか歯向かってきやがってクソうぜー。

　fatalの溜まり場になっている風紀の教室で、ソファに座りながら舌打ちが止まらなかった。

「また春季が問題起こしたのか？」

　秋人が、呆れ気味で冬夜に尋ねる。

　……もう、あいつがどうしようもねーのは日常茶飯事だろ。

　放っておけよ、あんな奴。俺はこの世で一番あいつが嫌いだから、とっとと自滅しろと思う。

　友情とか仲間とか、そんなん一切思っちゃいない。あいつがどうなろうがクソどうでもいい。

「昨日、fatalの下の奴らに手あげたらしい」

　冬夜が、困ったようにため息をついた。

「fatalなら別にいいじゃん」

　俺の言葉に、冬夜がまたため息をこぼした。

「いいわけないだろ」

「nobleの奴なら面倒なことになるけどさ、仲間内なら問題ねーよ」

「……仲間だと思ってるならな」

　……何が言いてーんだこいつは。

「ちっ、しょーもねぇな」

　近くにあったイスを、軽く蹴った。

　冬夜は本当に、いけ好かない野郎だ。

　俺たちの中じゃ一番新入りのくせに——元 "bite" のくせに。

　サラが連れてきたから了承したものの、こいつを入れるのは俺も秋人も春季も反対だった。

『なぁサラ、やめとこうぜ。もし裏切ったら……』

『もう、そんな意地悪なこと言うなっちゃんは嫌い！』

　ぷくっと頬を膨らませたサラの顔を思い出して、自然と口元が緩んだ。

　……まあいいや。

　サラのことを考えると、いつだって怒りが消える。

　俺にとって、精神安定剤のような存在。

　サラは……俺にとっていなくては生きていけない存在。

　今ごろ……どこで何してんだか……。

　早く戻ってきて、サラ。

　そろそろ俺、サラ不足で死にそう。

「つーか、春季の奴は昨日からなんなんだよ」

　秋人が、頭をかきながらだるそうに言った。……俺も、それは思ってた。

　昨日というか、突然荒れ始めた春季。

　あいつはいつも荒れてるけど、いつもの比じゃないくら

い暴れてる。見境なくケンカをふっかけてはボコッている
らしい。

　あんなのがトップとか、マジでfatalは終わってんな。

　そう思った時、部屋の扉が開いた。

「あっ、噂をすれば春季じゃん」

　無言で入ってきた春季の肩を、秋人が叩いた。

「よ！」

「……」

「無視すんなよ〜」

「……話しかけんな」

　えらく不機嫌だな。

　こいつの様子からして、何かがあったのは明白だ。

　イラついてる……というよりは、何かに焦っているよう
に見えた。余裕がない、という表現が正しいかもしれない。

「は、春季さん、お疲れ様です……！」

　近くにいた下っ端が、春季に律儀に挨拶をしている。

　あーあ、こいつ終わったな……。

　振り返った春季の顔を見て、一瞬で察した。

「……聞こえなかったのか？」

　室内に響いた、春季のドスの効いた低い声。

「ひっ……！」

「失せろ」

　情けない声を出す下っ端に、春季が拳を振り下ろした。

「春季!!」

　……あーあ、邪魔が入った。

　　春季の手を掴み、間に入ったのは冬夜。

「いい加減にしろ」

　　冬夜の言葉に、春季は舌打ちをこぼして部屋を出ていく
と、下っ端は腰を抜かして、その場に座り込んだ。

　　殴らせればよかったのに、そっちのほうがおもしれーし。

　　冬夜のこういう空気読めないところも、マジで嫌いだわ。

「機嫌悪すぎだろあいつ」

　　そう言うと、秋人がなぜか神妙な面持ちで黙り込んだ。

　　あ？　なんか知ってんのかこいつ？

　　そう思った時、ゆっくりと口を開いた秋人。

「……サラとなんかあったんじゃね？」

　　……は？

　　一瞬、頭の中が真っ白になった。

　　……たし、かに。ありえる。

　　あいつがあそこまで感情を左右されるなんて……サラし
か考えられない。

　　うわ……その考えは盲点だった。

　　もしかしたら、サラに振られたとか……？

　　もしそうだったら……最高じゃん……!!

「……俺も、それ思った」

　　冬夜も察していたのか、なんとも言えない表情でそうこ
ぼす。

「別れたとかか!?」

　　つい笑顔がこぼれた俺を見た秋人が、ははっと笑う。

「夏目、喜びすぎ。……ま、別れたとかではないんじゃな

い？　それなら逆に死んでるだろうし。別れてくれたほう
がいいけど」

　……なんだよ……ただのケンカかよ。

　いやでも、ケンカなんかするのか？

　サラが本気で怒ったところなんか見たことねーし、怒る
ような性格にも思えない。

　……としたら、本気で別れの危機ってやつなんじゃね？

　別れるのも時間の問題なのかもな……ははっ。

「サラ探し、今まで以上に頑張らねーと」

　やる気が湧いてきて、俺はパソコンの前に座った。

「つーか、あいつ何しに来たんだろう？」

「俺が注意しとこうと思って呼んだ。……まあ、まともに
話もできないみたいだけど」

　秋人と冬夜の会話が聞こえるけど、今はどうでもいい。

　春季と別れる前に、サラを探し出して……告白する。

　サラを一番好きなのは、間違いなく俺だから。

「ああー!!　ぜんっぜん見つかんねー!!」

　数時間サラの情報を探したけれど、今日も収穫はなしに
終わった。

　わかってはいたけど……マジで情報がなさすぎる。

「無理だって。春季、金で超有能なセキュリティエンジニ
ア雇ってサラの情報を保護してるから」

「ちっ……警視総監の息子は次元が違うな」

　秋人に嫌味を吐いて、パソコンを閉じた。

　国家レベルのセキュリティつけるとか、あいつの独占欲
マジでバケモンだ。

　はぁ……どうやったら会えんだよ、サラ……。

「ああー……サラぁ……」

「……ま、サラのほうから会いに来てくれるのを待つしか
ないでしょ」

「ちっ、てめーはなんでそんな余裕なんだよ」

「俺は確信があるから」

　秋人は視線を窓の外に移して、ふっと笑った。

「サラは俺たちのところに、戻ってきてくれるって」

　は？　なんだこいつ気持ちわりーな。

　でもまあ……確証なく発言する奴じゃねーから、秋人が
そう言うならそうなんだろう。

　サラに会えたら……すぐに飛びついて、ぎゅっと抱きし
める。

　きっとサラは……『苦しいよ、なっちゃん』と言って、笑っ
てくれるはずだ。

　想像するだけで幸せで、会えない切なさが少しだけ和ら
いだ。

　……ん？

　ズボンに入れているスマホが震えて、画面を開く。

　メッセージが届いていてハッとした。

「……っと、女を待たせてんの忘れてた」

　別に待たせてもいいような女だけど。

　サラ以外の女なんか、実際どうでもいいし。

　まあ、でも俺も健康な男子高校生なわけで、発散する対象は必要だから。

「ほんと、夏目の趣味って気持ち悪いよね」

「あ？」

「サラと同じ髪色じゃないと相手しないなんて、女の子たちがかわいそう」

　呆れ気味な秋人に、中指を立てた。

「てめーに言われたくねーわ。死んどけ」

　お前だって、たいして変わんねーだろ。

　女を待たせていた場所に向かうと、今日は5人の女が"指定の格好"で待っていた。

「夏目様……！」

　俺を見つけた途端、駆け寄ってきたそいつら。

　その女たちは全員……ピンクの髪に、水色の瞳。サラと同じ格好をしている。

　俺が遊ぶ女の条件とは、これだ。

　サラの代わりなんだから、サラと同じ格好じゃなきゃ相手をする気にもならない。

　相手の女たちだって、別に俺に本気なわけじゃない。

　お互い、気軽な遊びの関係ってだけ。

　俺は集まった女たちを見定めるように、つま先から頭のてっぺんまで眺める。

「……お前、身長高すぎ、アウト。サラは155ないから」

　俺の言葉に、女が1人肩を落とし立ち去った。

　１回に相手をするのは２人だから、その後も選別を続け
ていく。
「お前は髪が長すぎだから……」
　次の女にも却下と言おうと思ったけど、踏みとどまる。
「……いや、やっぱいいや。今は長くなってるかもしれねー
しな」
　前は肩までだったけど、きっと今は……もう少し伸びて
いるかもしれない。
「じゃあ、今日はお前とお前で」
　俺は選んだふたりを連れて寮へと向かった。

　廊下を歩いていると、fatalの連中がすれ違いざまに頭
を下げてくる。
　両端にいる女たちは、それを見て優越感でも感じている
のか口角が上がっていた。
　……しょうもない女たち。
　きっとサラなら……『頭なんて下げなくていいよ』とか
言いながら、自分も一緒にペコペコしてるんだろうな。
　そういうところが……本当に俺は――。
「……あ」
　廊下の奥に、見覚えのありすぎる奴を見つけた。
　あいつ……この前、風紀のとこに来た地味女。
　向こうは俺に気づいてるのか、視線を下げてこっちへ向
かってくる。
「うわ、メガネ女じゃん」

　素通りしようとしたそいつに声をかけると、あからさまにビクッと肩を震わせた。

　……そういや、ずっと気になってたんだよな。

　俺は、メガネ女に近づいて目の前に立つ。

「なあ、お前なんでこの前風紀のとこ来たの？」

　……結局、なんの用件だったんだ。

　知り合いもいないくせに、のこのこひとり入ってきやがって……。

　双子の知り合いらしいけど、だからって一般学生がfatalの第二アジトでもあるあの教室に入ってきていいはずがない。

　そんなこと、校内の奴なら知ってるはずだ。

　まあ編入生だからそこんとこ疎いのかもしんねーけど、それでも理由に見当がつかなかった。

　メガネ女は、俺の質問に答えることなく、なぜか驚いた表情で両隣にいる女を見ていた。

　……何、無視してやがんだこいつ。

　俺がそう言おうとしたよりも先に、女たちが口を開いた。

「ちょっと、何じろじろ見てんのよ」

「あっ……す、すみません……！」

　申し訳なさそうに謝る声。

　その声に……一瞬、聞き覚えがあるような気がした。

　……心なしか、サラの声に似てる。

　こいつがサラなわけねーのに、一瞬でもそんなことを思ってしまった自分に苛立った。

　……ちっ。うぜー。

　このメガネ女も……両隣の女も。

「おいブス、てめーらは黙ってろ」

　サラと同じ格好してるくせに、汚い言葉で話すんじゃ
ねーよ。俺のサラを汚すな。

　両隣にいる女が、怯えた表情で口をつぐんだ。

「おいメガネ、俺の質問に答えろよ」

　詰め寄った俺に、メガネ女が一歩後ずさった。

　その表情は、怯えているというよりも……なぜかショッ
クを受けているように見えた。

　……マジで、なんだこいつ。

「由姫は生徒会に入ったんだ〜」

「……あ？」

　……南？

　突然、聞き覚えのある甲高い声が聞こえて振り返る。

　面倒な奴が来た……。

　つーか、生徒会に入ったって、なに言ってんだこいつ。

　生徒会って、風紀と一緒で女子禁制だっただろ。

　総長の西園寺が極度の女嫌いだとかなんとかで……。

「ちっ……なんだよ」

「その日はね、僕と鬼ごっこしてたんだぁ〜。罰ゲームがね、
激辛ラーメンだったの」

「は？」

「由姫、辛いもの苦手だから必死に逃げてて……それで、
間違って入ってちゃったみたい」

　相変わらず、頭のネジが何本も外れた奴だ。
「意味わかんねーけど、頭狂ってるお前ならやりそうな話だな」
　こいつは、頭がいかれてる。
　nobleの中でも……俺が一番嫌いな奴だ。
　まあ南も、俺を一番嫌っているだろうが。
「ていうかー、生徒会のかわいい後輩を脅さないでよ夏目くん」
「……あ？　なんでてめーに言われなきゃ……つーか、生徒会？　こいつが？　正気かよ」
「由姫は超有能だからね〜、どっかの"ふぇいなんちゃら"って族の奴らより」
「てめぇ……」
　別にfatalをバカにされてもいいけど、プライドが高い俺は自分への侮辱は許せなかった。
　俺が振り下ろした拳を、南は軽々と受け止める。
　こいつはチビで一見ひ弱そうに見えるのに、俺よりも強い。認めたくないけど、それはたしかだ。
「もう夏目くんってば、校内で暴力はダメだよ〜。こんな人通り多い場所で！」
「は、なせよ……！」
「ふふっ」
　クソッ、離れね……‼　なんだこいつ……離せよ‼
　無理やりに振りほどこうとした時、南が俺の耳に顔を寄せてきた。そして、ぼそっと、耳元で囁かれる。

「──由姫に手出したら、fatal潰すからな」

「……っ」

　サーっと、血の気が引いた。

　こいつ……いったいどっからそんな低い声、出してやがるんだ……。いっつも気味悪いくらい猫なで声で喋ってるくせに……こっちが本性か？

　マジで、どこまでもいかれた奴だ……。

「わかったら、今後は由姫に近づかないでね」

　いつもどおりのぶりっ子みたいな声色でそう言って、メガネの手を掴んだ南。

「ほら由姫、行こ！」

「あ……う、うん！」

「じゃあ、また明日教室で。バイバイ夏目くん！」

　手を振って、さっさと歩いていった夏目に舌打ちをした。

　あいつ……いつか絶対ぶっ殺す……。

　つーか、生徒会にあのメガネ女って……正気か？

　南もずいぶん手ごめにしてるみたいだし……なんだよ、あの女の何がそんなにいいんだ？

　俺にはさっぱりわかんねーし、わかりたくもねー。

　まあ……nobleの奴は"サラ"に関して死ぬほど厄介な相手だったから、他の女見つけてくれたなら本望だけど。

　南なんかとくに、率先してサラを探していた。

　あいつらにfatalの現状を告げ口されても厄介だし、サラを奪われるわけにはいかないから、fatalはつねにnobleを警戒している。

　それが……いつの間にあんなメガネを囲うようになった
んだ。
「きゃー！　やっぱり南様かっこいいなぁ……！」
　両端の女が、うっとりした様子でそんなことをほざいて
いた。
「……だったらnobleのケツでも追いかけとけよ、ブス」
　あー、クソ萎えた。
　遊ぶ気もなくなり、女たちを置いて自分の部屋へ戻る。
　サラがいない日々は……本当に、クソでしかねーよ。
　さっきまでその"サラ"がすぐそばにいたことも気づか
ずに、俺は嘆いていた。

女子トーク？

　南くんが連れてきてくれたのは、ショッピングモールの奥にあるお店だった。

「由姫！　ここだよ～！」

　すごくかわいい外装のお店で驚いてしまう。

　こんなところにクレープのお店があったなんて……！

　敷地内にショッピングモールがあるってだけでもびっくりなのに、こんなにお店が豊富なんて……。さすがお金持ち高校だなと驚愕した。

「このショッピングモール、本当に大きいね……！」

　ほんと、学園の敷地内にあるのが信じられないくらい……。

「そうなの？　僕、幼稚舎からここだからあんまりわからないや。これが普通だと思ってた」

　けろっとそう話す南くんは、どうやら生粋（きっすい）のお坊ちゃんらしい。

　幼稚舎からって……すごい……！

「ぜ、全然普通じゃないよ……！」

　私の言葉に南くんは「そうなんだ～」と言うけれど、たぶん全然わかっていないと思う。

「それより、由姫はどれにする？」

　たくさん並べられたクレープのサンプルを見ながら、南くんが聞いてきた。

　　私もひとつひとつじっと見つめながら、どれを注文する
か考える。
「うーん……どうしよう……」
　　全部おいしそうで決められない……！
　　25種類もあるなんて……25回は来なきゃっ。
　　そんなことを思いながら、選ぶひとつを決める。
「スペシャルいちごミルクもおいしそうだし、いちごチョ
コカスタードもおいしそう……」
　　2つにまでは絞れたものの、優柔不断な私は最後の2択
で絞れなくなってしまった。
　　うーん……。
「由姫は、いちご大好きなんだね」
　　悩む私を隣で見ている南くんが笑って言う。
「すみませーん！　スペシャルいちごミルクといちごチョ
コカスタードください！」
「え？」
　　店員さんに注文をした南くんに、首をかしげた。
　　それ、私が悩んでいたものと一緒……南くん、もしかし
て……。
「ふたつ食べるの？」
「ふふっ、違うよ。僕もいちご好きだから、半分こしよう？」
　　……え？
　　それって……一緒に食べてくれるってこと……？
「あ、ありがとうっ」
　　最後まで決められなかったから、うれしかった。

　南くんって、じつはすごく紳士な人なのかな……？

　じつはなんて失礼だけど、さらっとこんなことができる
なんて……きっとすごくモテてきたんだろうなと思った。

「ふふっ、どういたしましてー」

　笑顔の南くんとクレープを受け取って、店内の奥へと向
かう。

　もちろん店内には他の生徒もいて、視線が痛かった。

　おもに女の子たちばっかりだから、とくに……。

「南様……!?」

「え、なんか地味な女といるんだけど……」

「なんで!?　南様って、女子とは遊ばないって言ってたの
に……！」

　……え？

　南くんが、女子と遊ばない……？

「由姫、こっちだよ〜」

「あっ、う、うん！」

　南くんに手を引かれ、さらに店内の奥へ。

　……って、ここどこ!?

　お店の奥の扉に入ると、個室のような場所があった。

「い、いいの？　こんな場所に入って……？」

「うん、平気だよ！　ここ、僕のために作ってもらったん
だ〜」

　み、南くんのため？

「そんなことできるの？」

「ここのショッピングモールにある飲食店、ほとんど僕の

家の店だから。パパがオーナーなんだ〜」

　え、ええっ……。

　あまりに次元違いな話に、開いた口が塞がらない。

　お坊ちゃんだろうなとは思ったけど、想像をはるかに超えていた。

　しかも、このショッピングモール内にあるお店って、ほとんど全国チェーンのお店だよね……？

　……こ、これ以上は聞かないでおこう。

　南くんが遠い人のように思えて、追及するのはやめた。

　案内された個室の席に、南くんと向き合うように座らせてもらった。

　こんな場所で食べさせてもらっていいのかな……と思ったけど、女の子たちからの痛い視線がなくなって少しほっとする。

　「食べよっか？」と笑顔で言ってくれる南くんに頷いて、ぱくりとクレープを頬張った。

　口の中に広がる、いちごの酸味とカスタードとチョコの甘味が絶妙で、頬っぺたを押さえた。

「んん〜！　おいしい……！」

　何個でも食べられちゃいそうっ……。

　パクパクと食べ進めていると、前から視線を感じた。

　ちらりと見ると、南くんがなぜか私のほうをじっと見つめていた。

「み、南くん？」

「ん〜？」

「ど、どうしてそんなにじっと見てるの？」

　そんなに見られてたら、食べづらいというかっ……。

「クレープを食べて、おいしそうにしてる由姫がかわいいから」

　……か、かわいい？

　そんなわけがないのに、何を言っているんだろう？

「私はかわいくないよ……かわいいのは南くんのほうだよ」

　南くんとクレープはとってもかわいい組み合わせだけど、私が食べてるところなんて見ても何も面白くないよ？

「かわいい、か……」

　南くんが、何やら意味深な表情をしながら呟いた。

「由姫はかわいいの好き？」

「え？　う、うん」

「ふふっ、じゃあ今はかわいいままでいいやっ」

　……？

　意味はわからないけど、南くんがうれしそうだから私も微笑み返した。

「いつも放課後は何してるの？」

　そう聞いてきた南くんに、笑顔で答える。

「友達と勉強したり、寄り道して甘いもの食べたりしてるよ」

「友達って、同じクラスの？」

「うん！」

　いつも遊ぶのは同じメンバーだし、いつもの４人以外とは遊んだことはない。

　というか、4人以外の友達がいない……あはは……。

　今は女の子の友達ができるのが目標だけど、いつになるのやらだ。

「2—Sか……」

　ぼそりと、考えるような仕草をしながら呟いた南くん。

「……ああ、氷高か」

　南くんがひとり言のようにこぼした名前に、驚いて食べていたクレープをごくりと飲み込んだ。

「拓ちゃんのことも知ってるの?」

　拓ちゃんはどこの暴走族にも所属していないし、3年の南くんと接点はないと思っていたのに。

　……あっ。

　私は、前に拓ちゃんが南くんのことを話していたのを思い出した。

　そういえば……南くんは、拓ちゃんが私の幼なじみってこと、知ってるんだ……!

「うん、ちょっとだけ!　仲良い友達って、その氷高って子?」

「そうだよ。幼なじみなんだけど……知ってるよね?」

「何か聞いたの?」

「南くんに、サラの幼なじみって聞かれたことがあるって」

「ふふっ、たまたま情報が手に入ってね〜」

　意味深な笑みを浮かべる南くんに、苦笑いを返す。

　ど、どこから入ったんだろう……南くんの情報網、気になるな……。

「ていうか、同じクラスなら……海くんとかもいる？」

「うんっ。やっぱり海くんとは知り合いなんだね」

　同じグループだし、幹部って言ってたから、仲がいいのかもしれないな。

「nobleの２年じゃ一番強いからね。もしかして仲良し？」

「いつも一緒にいるよ」

「ってことは、fatalの双子も……」

　南くんはまた、ぼそりと呟いた。

「由姫の交友関係はなんとなくわかった！」

「え？」

　私の交友関係？　そんなの知っても、面白くないと思うけど……？

　うれしそうな南くんの姿に、不思議に思う。

「でも、これからは生徒会があるから、放課後はあんまり遊べなくなるね」

　その言葉に、少しだけ肩を落とした。

「そうなの……」

　みんなと放課後にわいわいするのは楽しかったから、遊べなくなるのはすごく残念に思っていた。

　私を見ながら、南くんがいつものかわいらしい笑顔を浮かべる。

「代わりに僕と遊ぼう？　おいしいスイーツのお店、まだまだたくさん知ってるから！」

　えっ……！

「ほんと!?　行きたい！」

　スイーツという言葉に、私は即答で返事をした。

「ふふっ、約束！」

　南くんのオススメなら、おいしいこと間違いなしだ！

　新しい楽しみができて、笑顔がこぼれた時、ふと昔の記憶が脳裏をよぎった。

　そういえば……昔は春ちゃんとよく、スイーツ巡りに行っていた。

　付き合う前から。春ちゃんがよく誘ってくれて、いろんなところに連れていってくれたんだ。

　今は……あんまり思い出したくなかったな。

　いい思い出だったはずなのに、そう思ってしまったことが悲しかった。

「どうしたの？」

「あ……ううん、ちょっと昔のこと思い出して」

　南くんに声をかけられ、慌てて笑顔を作る。

　浮かない顔してたら、心配かけちゃう……笑顔笑顔！

　でも、南くんにはすぐに見抜かれてしまった。

「もしかして、fatalのこと……？」

　図星を突かれ、びくっとあからさまに反応してしまう。

　南くんって、本当に鋭い……。

　私の正体もすぐに見破ってしまったし、南くんには隠し事はできないんだろうな……。

「fatalっていうか、春ちゃんかな。よくスイーツを食べに来てたの」

　正直にそう話すと、南くんはなんともいえない表情で微

笑んだ。

「そうなんだ」

　なんだか、気をつかわせちゃったかな……。

　話題を変えようと思ったけど、私より先に南くんが口を
開いた。

「天王寺とは、よくデートしたの？」

　デート……？

　どうしてそんな質問をするんだろうと思ったけど、隠す
ことでもないので答える。

「ううん。ずっと遠距離だったから、年に数回しか会えな
かったんだ。デートも、指で数えられるくらいしか……」

　電話は毎日していたけど、直接話すことなんて滅多になか
かった。

「そんな頻度だったの？」

　南くんはなぜか、とても驚いているのか大きな目をさら
にまんまると見開かせている。

「頻繁に会いに来なかった？」

　春ちゃんは、毎日のように会いたいって言ってくれてい
たけど……。

「私がダメって言ってたの。交通費がもったいないし、気
持ちがあれば遠距離でも大丈夫だよって」

　でも……結局こうなってしまったから、気持ちがあれば
大丈夫っていうのは間違っていたのかもしれないな。

　遠距離恋愛って、私が思っている以上に難しいのかもし
れない。

「なるほどね……」

　南くんは、またひとり言のようにつぶやく。

「デートはいつも日帰りだったの？」

「え？　うん、そうだよ」

　さっきから変なことばかり聞くけど、こんなこと聞いてどうするんだろう？

　単純に好奇心かな？

　なんだか、南くんといるからか女子同士で恋バナをしている気分になった。

「あいつ、サラにだけは紳士だったんだ……」

　……ん？　ぼそりと南くんが何か言ったけど、聞き取れなかった。

「そういえば天王寺ってさ、小等部の時に数年海外に行ってたよね？」

「あ、うん。１年間だけ行ってたって聞いたことあるよ」

「海外で過ごしてた人って、スキンシップ多くない？」

　スキンシップ？

「そうかな……？　手を繋いだことはあるけど、ベタベタするようなこともないし……」

　帰国子女だとスキンシップが多い、みたいな話はたしかに聞くけど……春ちゃんはそんなことはなかった。

「街中でハグとかは？」

「し、しないよそんなこと……！　ハグなんて……」

「ハグはしたことない？」

「えっと、に、２回くらい、抱きしめられたことはあるけ

ど……」

　って、何を正直に答えてるんだろうっ……。南くんも、さっきから変な質問ばかりっ……。

「挨拶でキスとかしない？」

「き、キスなんてしたことないよっ……！」

　思わず、顔に熱が集まった。

　唇どころか、ほっぺたにもキスしたことなんてない。

　当然、私はファーストキスもまだだった。

　南くんが、なぜか目を輝かせながら追求してくる。

「ほんと？　１回も？　ハグまで？　ファーストキスはまだ？」

　質問責めにあい、戸惑いながらも頷いた。

「う、うん」

　私の返事に、南くんはぱああっと表情を明るくさせる。

「すごい、奇跡だっ……」

　ど、どうしてこんなにうれしそうなんだろう……？

「南くん？」

　不思議に思って名前を呼んだ私に、南くんは我に返ったようにハッとした表情をした。

「ううん。ごめんね、天王寺とのこと聞いて……」

　さっきとは一変し、申し訳なさそうな表情を浮かべた南くん。

　私が春ちゃんとのことで、落ち込んでると心配してくれてるのかな？

「気にしないで。今は気持ちも落ちついてるの」

　心配してくれるのはうれしいけど、たぶん南くんが思っているよりも、私の気持ちは立ち直っている。

　笑顔で言った私を、南くんはじっと見つめてきた。

「……それって、蓮くんのおかげ？」

「えっ……」

　ど、どうしてここで蓮さんの名前が……？

「風邪の時、蓮くんの家にいたって言ってたから、何かあったのかなって思って」

　驚いている私に、南くんはそうつけ足した。

　あ、なるほど……。

　たしかに、南くんが言っていることは間違っていない。

　今私が普通でいられているのは、蓮さんのおかげ。

「うん。蓮さんの優しさに救われたの」

　笑顔で答えると、一瞬南くんの表情が陰った。

「蓮くんが優しい、か……」

　意味深な表情に、首をかしげる。

　南くん……？

「ね、今度辛いことがあった時は、僕のことも頼ってね？」

「え？」

「僕だって、由姫の力になりたいもん……」

　眉の端を下げながら、そんなことを言ってくれる南くん。

　あまりのかわいさに、胸がきゅんっと音を立てた。

　南くんには、いつも母性本能をくすぐられている気がするっ……。

　年上とは思えないほどかわいくて、思わず抱きしめたく

なった。

「えへへ、ありがとう南くん」

　私も、南くんが困っている時は力になりたいな。

　私の返事に、満足げに微笑んだ南くん。

「由姫を一番好きなのは、ぜったいぜーったい僕だからね！」

「ふふっ、ありがとう」

　かわいくて、頬が緩んでしまう。

「そういえば、南くんこそ恋バナはないの？　とってもモテるでしょう？」

　さっきまで質問責めを受けていたから、今度は私が聞く番だ。

　そう思って質問をすると、南くんはなぜか呆れた表情をしてため息をついた。

「由姫って鈍感ってよく言われるでしょ？」

「鈍感？」

　首をかしげた私に、もう一度ため息をついて「ま、そういうところも好きだけどさ～」と言った南くん。

「恋はずっとしてるけど、片思いだから頑張ってる途中！」

　さっきの質問に対する答えに、私は驚いた。

　南くんが片想い……!?

　そんな……相手の子は、さぞかわいい子なんだろうな。

　だって、かわいいの具現化のような南くんが惹かれる相手だ。どんな子なのか見てみたい。

「恋人もできたことないし、初めては全部その子って決め

てるんだ～」

　え……!?

　女の子の扱いにすごく慣れているし、てっきり恋多き人なんだと思ってた……。

　南くんって、正直何を考えているのかわからないことが多いけど……すごく真面目なんだなぁ。

「一途（いちず）なんだね」

「うん！　僕はすーっごく一途だよ！」

　なぜか得意満面（とくいまんめん）に言い放っている南くん。かわいくて、無意識に手が伸びていた。

　そっと南くんの頭に手を置いて、よしよしと撫でる。

「……っ、え？」

　南くんが、大きく目を見開きながら固まった。

　その顔が、みるみるうちに赤く染まっていく。

　……あれ？

　南くんの顔が、りんごみたいに真っ赤に……。

　ばっと、勢いよく頭を傾け、私の手から離れた南くん。

「な、に、して……」

　その顔は相変わらず真っ赤で、いつも笑顔を張りつけている南くんがひどく動揺していた。

「あ、ごめんね、嫌だった？」

　無意識に撫でていたけど、もしかして嫌だったかな……。

「い、嫌じゃないよ！」

　なぜか大きな声で、全力で否定した南くん。

「ただ、ちょっとびっくりして……あはは～」

　とても動揺している姿が、不思議で仕方なかった。

　頭を撫でただけなのに……どうしてこんなに顔を真っ赤にして慌てているんだろう？

　南くんのこんな姿、初めてみた……。って言っても、出会ってまだ間もないけど。

「不意打ちには慣れてないのに……」

　ぼそりと、聞き取れないくらい小声で何か言った南くん。

「南くん？」

「由姫、今みたいなこと、男に軽々しくしちゃダメだよ？」

「え？」

　突然真顔になった南くんは、まっすぐに私を見ながら忠告をしてきた。

　まるで娘に言い聞かせるお母さんみたいだ。

「ていうか、僕以外にしちゃダメ。わかった？」

　今みたいなことって、頭を撫でること……？

「う、うん」

　どうしてしちゃいけないのかわからないけど、とりあえず頷いておいた。

「僕、これ以上ライバルが増えるのはごめんだからね？」

「……？」

　さっきから何を言ってるんだろう……？

　南くんはその後も少しの間、顔が赤いままで、ボソボソと呟いていた。

メモリアル

　……眠れない。

　目が冴えてしまって、ベッドから起き上がる。

　南くんとクレープを食べに行って、家に帰ってきてお風呂に入って宿題をして……。

　ベッドに入ったけど、なんだか寝つけなかった。

　目を瞑ると、今日のなっちゃんの姿が浮かぶ。

　威圧的な態度、荒い口調……。本当に変わっちゃったんだな、なっちゃんは……。

　それにしても、あのまわりにいた女の子たち……。

　ふたりともピンク色の髪をしていたこと、どうしても偶然には思えなかった。

　髪の長さも私と一緒だったし、そのうちのひとりに関しては目の色もまったく同じだった。

　どうしてあんな格好をした女の子たちを、連れて歩いていたんだろう……考えれば考えるほど謎は深まるばかりだった。

　というか、なっちゃんはいつもあんなふうに、いろいろな女の子と遊んでるのかな……。

　昔は女の子なんて興味ないって言ってたけど、そういう年ごろなのかも。

　『サラと結婚する！』と言っていたころが懐かしい。

　あのころのなっちゃんは……ほんとにかわいかった

なぁ……。

って、もう考えないほうがいいのに……。

ひとりでいたら、どうしてもfatalのみんなのことを考えてしまう。

ちょっと、外に出よう。

冷たい風に当たって頭を冷やそうと思い、ウイッグをかぶる。少し外に出るだけだし、きっと誰にも会わないだろうから、カラーコンタクトはいっか。

そう思って、メガネだけつけて部屋を出た。

校内探索をしている時に見つけた穴場がある。寮から少し離れたところにある、小さな花壇。

さまざまな種類の花が咲き誇っていて、とってもキレイだけど、離れているせいか人の出入りは少ないみたい。

誰もいないことを確認して、ベンチに座る。

上着を着てきたけど、ちょっと寒いな……あんまり長居しないようにしなきゃ。

風邪がぶり返したら、蓮さんに申し訳ない。

でも、冷たい風は気持ちがいい。

無心になろうと目を瞑ると、また今日の光景が浮かぶ。

なっちゃん……。

はぁ……ダメだなぁ。

もうしっかりと前を向けていると、fatalのみんなのことは考えないようにできていると思ってたけど、そんなこと全然なかった。

　私の中の、"優しいみんな" が邪魔をする。

　昔のみんなは……本当に本当に優しくて……私たちはとてもいい仲間だったから。

　仲間だった、はずだったから——。

　放課後は、fatalのアジトに行くことが多かった。

　女子は加入禁止だけど、居座ることを前の総長が許してくれた。

　その日は久しぶりにアジトに来て、扉を開けて一番奥の部屋へ進む。

『あっ、もうみんな来てたんだ』

　部屋の中には、いつものみんなが集まっていた。

　なっちゃん、秋ちゃん、そして……春ちゃん。

『サラー!!　待ってたっ！』

　なっちゃんが、目を輝かせながら駆け寄ってくる。

　ぎゅっと飛びついてきて、私はふらつきながらもそれを受け止めた。

『ふふっ。こんにちは、なっちゃん』

『もう！　毎日来てって言ったのに～！』

　『寂しかった！』と言って、私から離れようとしないなっちゃん。年上なのに、なっちゃんは本当にかわいくて弟みたいな存在だった。

『サラ、こっちおいで。お菓子食べよ』

　ソファに座っている秋ちゃんが、そう言って手招いてくれる。

『わーい！』

　お菓子という言葉に反応し、私はなっちゃんの手を繋いだままソファに移動した。

　お菓子をひとつ口に入れた時、春ちゃんが近づいてきて私の隣に座った。

『サラ、久しぶり』

　私の頭に優しく手を置いて、『元気にしてた？』と気づかってくれる春ちゃん。

　この時はまだ、春ちゃんに対して特別な感情はなかった。

　優しいお友達っていう認識だった気がする。

『春ちゃん、久しぶり！』

『５日もアジトに来ないから、心配した』

　言葉どおり心配そうに言われ、ふふっと笑う。

『テスト勉強で、お母さんに遊びに行くの禁止されてたの』

　いつもテスト２日前から隔離状態だから、あはは……。

『サラのお母さんはスパルタだね』

　春ちゃんは、なぜか楽しそうに笑っている。

『今日はサラに会えたから、いい日だ』

　私に会えたくらいでいい日なんて、春ちゃんってば幸が薄いのかな……？

　もっと楽しいこと、いっぱいあると思うのに……！

『おいこら春季、抜け駆けすんな』

　秋ちゃんが、少し不満げに私の手を引いた。

『そうだそうだ、サラは俺に会いに来てくれたんだもんね？』

　なっちゃんは、春ちゃんを押しのけて私の隣に座る。

『失礼します』

　その時、ノックの音とともに声がして、すぐに誰の声か
わかった。

『あっ、ふゆくん！』

　入ってきたその人は、私の声に勢いよく振り返った。

『サラ……！』

　ふゆくんの顔色がぱあっと明るくなって、私もうれしく
なった。

『ひ、久しぶり……！』

『ふふっ、みんな久しぶりって言うけど、５日ぶりだよ？』

『そっか……サラに会えないと、月日が長く、感じるって
いうか……』

　なぜか顔を赤らめながら、視線を逸らしたふゆくん。

　ふゆくんはシャイだから、いつも私と話す時はどこか違
う方向を見ている。というか、女の子が苦手らしい。

　私は大丈夫と言ってくれたけど、頑なに目を合わせてく
れないから、きっと女子と話す時に顔を見られないんだと
思う。

　この前、頑張って目を合わせようとしてみたけど、『ほ、
ほんとに無理だからっ……！』と真っ赤っかな顔で拒否さ
れ諦めた。

『冬夜は新入りなんだから仕事しておいでよ！　ほら、とっ
とと見回り行ってこ～い！』

　ふゆくんと話していると、少しご機嫌斜めそうな、なっ

ちゃんがそう言った。

『うん……行ってくる』

『見回り行くの？　私も久しぶりに行こうかな！』

　ふゆくんひとりじゃ寂しいだろうし、それに……biteが消滅して２ヶ月、治安はよくなっているけど、まだまだ心配だから。

『えっ……ほ、ほんと？』

　なぜかすごくうれしそうなふゆくんに、『うん！』と首を縦に振った。

『サ、サラが行くなら俺も行く！』

　さっきまでふゆくんに任せる気満々だったはずのなっちゃんが、手を上げて立ち上がった。

『今、新入りの仕事だって……』

『俺はサラの護衛だからいいんだよ！』

　あれ？　ふゆくん、なっちゃんがついてくるのは嫌なのかな？

『俺はサラとふたりがいいのに……』

　少し不満げに、ぼそりと何か呟いているふゆくんの姿に首をかしげた。

『俺も行こっかな』

『俺も』

　秋ちゃんに続いて、春ちゃんも立ち上がったことに驚く。

『みんなで見回り？』

　すごい大人数……。

『たまにはいいかもね』

　春ちゃんが、そう言って私の頭を撫でる。
『俺たちがいれば心強いでしょ？』
　得意げな秋ちゃんに、笑顔で頷く。
『うん、とっても！』
『俺らが揃えば無敵だし！』
なっちゃんもうれしそうに笑っていて、私たちはみんなで
アジトを出た。

　平和で、楽しくて、輝いていた……今ではもう遠い思い
出になってしまった日のことを思い出して、胸が痛んだ。
　素敵な思い出さえ、今は思い出すだけで悲しい気持ちに
なる。
　情けないなぁ……。
　いつまでも昔の思い出に浸っていても、意味がないのに。
　もう、あんなふうにみんなと笑い合える日は来ないんだ
から。
　fatalのみんなは、"サラ"のことなんてもう忘れてるん
だろうな。
　私も、みんなのことは、早く……。
「……あれ？」
　誰もいないはずの花壇に、声が響いた。
　それは──聞き覚えのありすぎる声だった。
　反射的に振り返ると、私を見て驚いているその人。
　ふゆ、くん……。
　どうして、ここにいるの……？

ふゆくん

「……あれ?」

　ふゆ、くん……。

　どうして、ここにいるの……?

　ふゆくんも、私がここにいたことに驚いているのか、こっちを見て目を見開いている。

「……っ」

　今は会いたくない人の姿に、急いでこの場から逃げようとした。

　これ以上、昔のみんなを汚したくない。

　今のみんなのことを、知りたくない……。

「あ、待って……!」

　ど、どうして追いかけてくるのっ……!

　に、逃げなきゃ……!

　そう思ったのに、行き止まりに当たってしまい、逃げ道が塞がってしまう。

　為す術もなく、恐る恐る振り返ると、ふゆくんが追いついてきて私の目の前に立った。

　何を言われるんだろうと、視線を下げて目を瞑る。

「この前は……一緒にいた奴らがひどいこと言って、ごめんね」

「……え?」

　予想外の言葉に、驚いて顔を上げた。

　視界に映ったふゆくんは……申し訳なさそうな表情で私を見つめていた。

「あんた泣いてたから……心配で」

　そう言って頭をかいたふゆくんは……私の知っている、ふゆくんだった。

　昔の——ふゆくんのままだった。

「その、あいつらはちょっと警戒心が強いっていうかさ。あの態度も、誰にでもああだから……気にしないで」

　……ああ、そっか。

　ふゆくんは……何ひとつ変わらないでいてくれたんだ。

　あの日のまま……私の目の前にいるのは、優しいふゆくんのままだ。

「ていうか、生徒会に入ったって南から聞いたけど、その関係だった？　もし風紀に用事があるなら、直接俺に話してくれたら取り合うから。……あ、連絡先も渡しておく」

　そう言って、持っていたメモの切れ端に電話番号を書いて、渡してくれたふゆくん。

　それを受け取る時に触れた手は、なんだかとても温かく感じた。

　ふゆくんをじっと見つめると、なぜかその目が大きく見開かれる。

「えっ……」

　どうして驚いているんだろうと思ったけど、すぐにわかった。

　私の目から溢れた涙が一筋、頬を伝っていたこと。

　……違う、これは悲しい涙じゃない。

　うれしくて……安心した涙だから。

　驚いているふゆくんを見つめていると、自然と笑みがこぼれた。

　昔はまったく顔を見てくれなかったのに、今は女の子と話すの、平気になったのかな。

　ふふっ、変わったけど、変わってない。

　ふっと、溢れた笑顔をふゆくんに向ける。

「ありがとうっ……！」

「……っ」

　なぜかさっき以上に目を見開いて驚いているけど、そのことについてはあまり気に留めなかった。

　ただただそのままのふゆくんがうれしくて、胸がいっぱいだった。

　私はもらったメモ用紙を上着のポケットに入れて、走り出す。

　ふゆくんを置いて、自分の部屋に戻った。

　これ以上いたら……なんだか昔話がしたくなりそうだったから。

　今の私はサラじゃないから、できないけど。

「待って……！」

　ふゆくんの呼び止める声が聞こえたけど、もう振り返らなかった。

　部屋に戻ってきて、ベッドにダイブする。

　さっきまでの憂鬱な気持ちはもう吹き飛んでいて、今は
ただ幸せな気持ちだった。

　目を瞑ると、fatalとの思い出が浮かぶ。

　別に……全部を忘れる必要なんてないよね。

　昔の思い出は……それは素敵な思い出として、大事に
とっておこう。

　今は変わってしまったとしても、過去は変わらない。

『サラ！』

　ふゆくんの真っ赤な顔を思い出して、笑みがこぼれた。

　私も……あのころから何も変わらないよ。

　いつか、ふゆくんにはちゃんと話したいな。

　そして……白咲由姫として、もう一度友達になりたい。

　頬についた涙のあとを、ゴシゴシとこする。

　もう泣かない。

　今度こそ私は、顔を上げるから。

　みんなとの思い出を、大切に胸にしまって――。

仲間

【side冬夜】

　俺にとってサラは、暗闇から救ってくれた人。居場所を
くれた人。

　そして——どんな時も、笑っていてほしい人。

　彼女の笑顔を守るためなら、どんなことだってできると
思った。

　出会ったのは、俺が高校１年になってすぐのころ。

　当時俺は……biteという、史上最悪と言われたグループ
の下っ端だった。

　俺の兄貴が当時の総長に脅されていて、俺も無理やり加
入させられた。

　biteは本当に最悪なグループで、むやみな暴力、恐喝は
当たり前。ノルマをクリアしなければ、メンバーでも殴ら
れる。

　しかもそのノルマというのは、月にいくら金を巻き上げ
られるかというもの。

　ノルマの期日が、１週間後に迫った日。

　俺は、一銭の金も集めることができないでいた。したく
なかったんだ、恐喝なんて。

　でも……もしできなかったら……。

　ノルマ不達成の奴に行われた制裁を、俺は一度見たこと

がある。

　幹部の奴から殴られ、蹴られ、ボロボロになったメンバーを見て、ゾッとした。

　俺はケンカも弱いし、力もなかったから……ただただ、恐ろしかったんだ。

　恐喝なんて嫌だ。でも……あんなふうになるのはもっと嫌だ。

　学校を出て、弱そうな高校生を見つめた。

『……おい』

　俺は足がすくむような思いでそいつに声をかけて、震える唇を動かした。

『金……出せ』

　幸い……というか、生まれつきの金髪のせいで、見た目は強そうに見えたのかもしれない。

　その高校生は、顔を真っ青にしながら財布を出した。

『こ、これしかありません……！』

　千円札を１枚おいて、逃げていったそいつ。

　俺はその千円札を見ながら、なんてことをしてしまったんだろうと自責の念に駆られた。

　最悪だ……あいつらと、同じことをしてしまった……。

　自分が汚れた気がしてどうしようもなくて、ただただ虚（むな）しかった。

　どうしてもその千円札を取る気になれず、結局それはコンビニの募金箱に突っ込んだ。

　ノルマ報告の前日。

　結局、あれから一度も恐喝はしていない。

　というか、俺にはできなかった。

　罪を犯す度胸もなく、殴られる恐怖にも立ち向かえず、逃げたくて仕方なかった。

　そんな時だ。

『今日、他の奴らが乗り込んでくるらしい。筆頭はnobleとfatal。全員まとめて叩き潰すぞ！』

　総長が、楽しそうに言った。

　……は？

　nobleとfatalって……。そのふたつのグループには、知り合いがいる。

　というか、高校の同級生。

　あいつら……なに考えてるんだろう。勝てるわけ、ないのに……。

　自殺行為だ。しかも、計画もバレてるのに……。

　南なら、連絡先がわかる。伝えたほうがいいんじゃないか……いや、でも……。

　悩んでいるうちに、抗争は始まってしまった。

　fatalの総長を筆頭に、アジトに乗り込んできた。

　事前に罠を仕掛けていて、見事に引っかかったと高笑っている総長。

　案の定ひとり残らずやられ、痛めつけが始まった。

　ノルマ不達成者にもされるそれは、本当にひどくて見ていられないほど。

　fatalとnobleの総長なんて、顔の原形がわからなくなってる。

　血まみれで放っていたらまずいんじゃないかと、俺のほうが血の気が引いた。

『……おい、今度はfatalの新入りたちにしてやるよ!!』

　……っ、え？

『やめ、ろ……やるなら、頭の俺たちでいいだろ……！』

　まずい……やばいって……っ。

　fatalって……Ｓクラスの奴らが……。

　総長が目をつけたのは、天王寺だった。

　校内でも有名なそいつ。同じクラスだけど、話したことはない。けど、顔見知りだということに足下がすくんだ。

　やめろ……もう、やめてくれっ……。

『かわいそうだなぁ？　こんな弱っちいグループに入っちまったせいで……』

　天王寺が殴られる……と思った時、ぐったりしていたはずの東が鉄パイプを総長に投げた。

　あいつ……何やってるんだ……!!

　殺されるぞ……っ。

『てめぇ……!!　先にやられてーのか!?』

　案の定、逆上した総長が東のほうへ歩いていく。

　東はもう力が残っていないのか、ぐったりとしていた。

　どうしよう……俺、こんなぼうっと見てるだけじゃ、ダメだ……。

　わかってるのに、助けなきゃいけないのに……俺なんか

に、何ができるんだ……。

──ガシャン!!

固く閉ざされていたはずの倉庫の扉が、勢いよく開く。

現れたのは……目を疑うほどキレイな、女の子。

『……私の仲間たち、返して』

この世にこんなキレイな人が存在するのかと思うほど、圧倒的な美貌。

俺の目がおかしくなったんじゃないかと、目をこすった。

でも、視界に映るものは変わらない。

『……っ!　来るなって言っただろ!!』

天王寺がそう叫んで、fatalの知り合いかと察する。

『あ？　お前……サラ……？』

サラ？

『実物を見るのは初めてだが、驚いた。マジでキレイな女だな』

まずいな……あの子、総長に目をつけられたかもしれない……。

総長は女癖が死ぬほど悪くて、それはbiteのメンバー全員が認知していた。

あの子が総長のいいようにされるのはなぜか嫌で、俺は今度こそ止めに入ろうとした。

けど……。

『なあ、お前俺たちの仲間に……』

総長が言いきるよりも先に、彼女のほうが総長を倒してしまった。

　　……は？

『そ、総長‼　おい！　この女を止めろ‼』

　その後も、次々とbiteのメンバーを倒していく彼女。

　結局ものの数分で、俺以外のbiteの人間を全滅させてしまった。

　嘘……。

　nobleとfatalが手を組んで、このザマだったのに。

　圧倒的な強さを持つbiteを……たったひとりで……。

　何者なんだ、この子。

『……これで全員かな』

　倒れた奴らを見渡して、彼女はそう呟いた。

『みんな、大丈夫……⁉』

　fatalの仲間に駆け寄っていく彼女を、ただじっと見つめることしかできない。

『とにかく、早くここから出よう！　警察が来るの！』

　　……え？

　警察……。

　その言葉にゾッとしたけど、まあいいか。

　ボコボコにされるよりは、捕まったほうがマシだ。

　俺も恐喝をしたんだから、同罪だし……ああ、どうしようもない人生だったな。

『自分で動ける人は入り口から逃げて！　動けそうにない人は、裏口でもあれば運びたいけど……』

　キョロキョロとあたりを見渡している彼女は、裏口を探しているらしい。

　それなら知ってる。このアジトのことは、すべて把握してるから。

　俺は警戒されないようにそっと彼女に近づいて、思いきって声をかけた。

『あの、こっちに、裏口が……』

　俺が指さした方向を見て、目を輝かせた彼女。

『ほんとだ！』

　俺のほうを見て、にこっと微笑んだ。

『教えてくれて……ありがとうっ！』

　……っ。

　近くで見るとなおさらキレイで、直視できない。

　ありがとうなんて、俺みたいな汚い人間に言わなくていいのに……。

　彼女の誘導で、ほとんどの人間が裏口からの脱出に成功したみたいだ。

　俺はそれを確認して、アジトのベンチに座る。

『何してるの？』

　えっ……。

　驚いて顔を上げると、そこには彼女がいた。

　どうして、戻ってきたんだろう……。

　やっぱり直視できなくて、ふいっと視線を逸らす。

『俺は……biteの人間だから……ここに残らなきゃ……』

　俺だけ逃げるなんて、できない。

『ダメだよ』

　……え？

　小さな手が、俺のほうに伸びてくる。

　俺の手を掴んだ彼女は、ぐいっと引っ張ってきた。

　俺はされるがまま、ベンチから立ち上がる。

　彼女は俺を見ながら……満面の笑顔で言った。

『キミも逃げるの。ほらっ！』

　……この時俺は、この世に女神は存在するかもしれない

と、本気で思ったんだ。

　あの日の笑顔を、あの手の温もりを——俺は生涯、忘れ

られはないだろう。

　サラのおかげで、biteは消滅した。

　今までノルマのことばかりに悩まされていた俺も、すべ

てから解放され、平穏な生活がやってきた。

　暴走族なんかクソだと思ってたけど……。

　彼女がfatalの奴と話しているのを見て、仲間に対して

羨望が生まれた。
（せんぼう）

　そして、彼女が戦う姿を見て……俺も強くなりたいと、

思った。

『あっ……』

　南と東……あと、滝だったっけ……？

　教室に行く途中、nobleの姿を見かけた。

　気まずかったけど、これ以上逃げ続けるのは嫌だった。

『南……！』

　南が振り返り、他のふたりも続いて俺のほうを見る。

　その顔にはまだ傷が残っていて、罪悪感が溢れた。

『あの……この前……助けられなくて、ごめん……』

　こんな……今さら謝罪なんかされたって、困るだろうけど……。

　謝ってすむ問題じゃないことはわかっていた。

　でも、謝らずに逃げるのは一番間違ってると思ったから。

　頭を下げた俺の肩を、南がぽんっと叩いた。

『逃げられたんだね、よかった』

　……え?

　顔を上げると、3人は予想外にも柔らかい表情を浮かべている。

　俺は訳がわからず、頭の中が混乱した。

　どうして、怒らないんだ……?

『気にするな、お前が脅されてbiteに入ったのは、校内では有名な話だからな』

『biteが潰れて、よかったな』

　東と滝の言葉に、ぐっと感情が込み上げてくる。

『ごめん……ありが、とう』

　それしか言えなくて、俺は涙をこらえてもう一度頭を下げた。

　あの一件から1週間後。俺は気づけば、fatalのアジトの前にいた。

　……よし。

　深呼吸をしてから、中に入る。

『おい、なんだお前?』

　途中、怖そうな体格のいい奴に捕まって、一瞬ひるむ。

　けど……今日は覚悟を決めてきたんだ。

『総長に、会わせてください』

　そう言うと、怖そうな人はもっと人相が悪くなった。

『どこのグループだ？』

　どこのグループ……。

　なんて言おうかと悩んでいると、タイミングよく近くにあった部屋の扉が開く。

　そこから、至るところに包帯を巻きつけたfatalの総長が現れた。

『……あ？　なんだそいつ』

　いきなり総長と会えるなんて、ラッキーだ。

　もしかしたら、跳ね返されるかもしれないけど……。

　俺は深く頭を下げて、半ば叫ぶように告げる。

『あ、あの……俺を、fatalに入れてください……!!』

　シーンと、一瞬あたりが静まった。

『お前いくつだ？』

『15です……こ、高１です』

『暴走族、知ってんのか？』

『もともと……biteに入っていました……』

『……あ？　biteだぁ？』

　総長の声色が一変し、まわりにいた人間の雰囲気も変わった。

　一瞬にして俺を敵とみなしたのか、至るところから鋭い視線を向けられる。

　こうなるだろうとは思ったけど……。

『おい、biteの残党だ。どうする？　サツに突き出すか、サンドバッグにしてやるか？　biteに恨みがある奴は多いだろうしな』

　総長は本気らしく、そのオーラに気圧（けお）されそうになる。

　でも……俺は、fatalに入りたい。

　あの子の──仲間に、なりたい。

『歯ぁ食いしばれや……!!』

　まわりにいた奴のひとりが、俺に殴りかかろうと拳を振り上げる。

　殴られると覚悟した時、『こんにちは～』という高い声が響いた。

　途端、その場の空気が再び一変する。

　さっきまで威圧的なオーラを出していた人間から凄みが消え、みんなして頬を緩め出した。

『『サラ～』』

　……え？

　彼らが見ているほうに視線を向けると、そこにいたのは、あの日俺を救ってくれた女の子だった。

『あ！　キミ……！』

　彼女も俺のことを覚えていてくれたのか、笑顔で駆け寄ってきてくれる。

『知り合いか？』

　総長は少し顔をしかめて、彼女に聞いた。

『この前アジトにいて……この子が、逃げ道を教えてくれ

たの！』

『そうだったのか……』

『もしかして、fatalに入るの!?』

　うれしそうに目を輝かせた彼女に、総長は困ったように
眉の両端を下げた。

『入りたいとは、言ってるが……』

『やったー！　じゃあ、今日から仲間だねっ』

『……っ』

　仲間……。

　彼女からそう言われ、心臓が跳ね上がった。

『おい、勝手に決めるな……！　biteだぞ？』

『でも、この子は嫌々いた気がするけど……だってわざわ
ざ裏口を教えてくれたんだよ？』

　嫌々いたことに、どうして気づいたんだろう。

『それでもな……』

『この子のおかげでみんな助かったのに、そんなこと言う
んだ……総長はもっと懐の深い人だと思ってた……』

　彼女は残念そうに、『はぁ……』とため息をついた。

『なっ……お、おいサラ、それは……』

　総長はもうたじたじで、彼女のご機嫌をとるように頭を
撫でている。

　すごい……。

　fatalの総長が……というか、ここにいる人全員が彼女
に手綱を握られているのかと思った。

　あるものは彼女の機嫌に一喜一憂して、あるものは鼻の

下を伸ばしていて……どうやら彼女はfatalの、アイドル的存在らしい。

総長が、大きなため息をつく。

『はぁ……お前、裏切らないって誓えるか?』

え……それって……。

『は、はい……!』

『サラに免じて、加入を認めてやるよ』

もう降参だというように、目を伏せた総長。

やったっ……。

俺は小さくガッツポーズをした。これで本当に、彼女の仲間になれた。

『これからよろしくね!』

首を傾けながら、にこりと微笑んでくれる彼女。

『う、うん……!』

この笑顔を……守れる男になりたいと思った。

そんな男になるために……俺はこの日から死ぬほど努力した。

俺以外のfatalの奴らは、サラがいなくなってから変わってしまった。

サラへの想いはあの日のままだけど、みんな今はfatalなんてどうでもいいみたいに遊びほうけている。

fatalを繋ぐものがサラだったから、仕方ないといえば仕方ないのかもしれないけど……。

なあサラ……今どこにいるの?

　空を眺めながら思い出すのは、あの眩(まぶ)しすぎる彼女の笑
顔ばかり。

　俺はずっと……fatalで待ってるから。

　サラが帰ってくるまで、fatalは俺がちゃんと守るから。

　この居場所は——サラが与えてくれた場所だ。

　もう会えなくなってから２年もたつのか。

　俺、今なら自信を持って、サラに会えるよ。

　あの日の弱虫の俺はもういない。サラのおかげで強くな
れたから。

　いつでも……帰ってきてね。

　花壇に咲いている、ムクゲという花を見つめる。

　淡いピンク色の花弁が、サラの髪にそっくりで、この花
は秋一番のお気に入り。

　夜は人がいないから、よくひとりでここに来る。

「はぁ……」

　……え？

　近くでため息が聞こえ、立ち上がる。

　……誰だ？　こんな夜中に……。

　穴場だから、人がいるとは思わなかった。

　まさか敵……？

　そう思って、恐る恐る声が聞こえたほうへ近づく。

「……あれ？」

　そこにいたのは、小柄な黒髪の女子生徒だった。

　この前、風紀の部屋に入ってきた子……。

　向こうも俺に気づいたのか、慌ててこちらを振り返る。

「……っ」

　え……に、逃げた……？

「あ、待って……！」

　走っていく彼女を、とっさに追いかける。

　ここで会えたのも何かの縁。彼女には……言いたいことがあった。

　行き止まりになり、ようやく彼女が足を止めた。

　大人しくなった彼女の前に立って、口を開く。

「この前は……一緒にいた奴らがひどいこと言って、ごめんね」

「……え？」

　謝った俺に、彼女はなぜか驚いた表情を浮かべた。

「あんた泣いてたから……心配で」

　この前、彼女が風紀の教室に来た時……fatalの奴らがひどい態度をとった。

　あいつらはいつもああだけど、男に寄ってたかって心ない言葉を投げられ、さぞ怖かっただろう。

　この子は大人しそうだから、とくに恐怖心を与えてしまったかもしれない。

　ずっとそのことが気になっていたから、謝れてよかった。

「その、あいつらはちょっと警戒心が強いっていうかさ。あの態度も、誰にでもああだから……気にしないで」

　fatalに悪い印象を持ってもらいたくなくて、そう話す。

　サラはfatalが大好きだから。

　サラが好きなfatalを……守りたいから。

「つーか、生徒会に入ったって南から聞いたけど、その関係だった？　もし風紀に用事があるなら、直接俺に話してくれたら取り合うから。……あ、連絡先も渡しておく」

　メモの端に急いで電話番号を書いて、彼女に差し出す。

　恐る恐るそれを受け取った彼女は……なぜか瞳から、一筋の涙を流していた。

「えっ……」

　泣いてる……？

　なんで……？　俺、なんか悪いこと言ったかなっ……。

　心配になったけど、そういうわけではなかったらしい。

　慌てる俺を見て、彼女はふわりと微笑んだ。

「ありがとうっ……！」

「……っ」

　一瞬、息をするのも忘れた。

　彼女の笑顔が──サラに、あまりにも似ていたから。

『教えてくれて……ありがとうっ！』

　あの日の笑顔と、重なった。

　……サ、ラ……？

　驚きのあまり身動きをとれなくなった俺を置いて、彼女はさっさと行ってしまう。

　ハッと我に返って、彼女を追いかけた。

「待って……！」

　……ああ、いなくなった……。

　どれだけ逃げ足が速いのか、姿を見失ってしまった。

　俺は立ち止まって、さっきの笑顔を思い出す。

　そういえば、彼女が風紀の教室に来た時もそうだった。

　彼女の涙が……サラと重なったんだ。

　編入生は２年。年齢はサラと同じだ。あの小柄な体型も、声も……少ししか聞いていないけど、似ている気がする。

　こんな偶然があるのか……？

　もしかして……。

「……いや、そんなわけないか……」

　一瞬俺の中に芽生えた可能性に、首を振った。

　彼女がサラなんて、そんなことありえない。

　サラがこの学園にいるわけないし……もしいたら、真っ先に俺たちのところへ来てくれるだろう。

　けど……ひとつだけ気になることがあった。

　彼女の目……サラと同じ色だった。暗闇によく映える、キレイな淡い水色。

　この前は、たしか目の色は黒だったはずなのに……。

　いや、俺の見間違いか……暗かったから、違う色に見えただけかも。

　ありえないことを考えるはやめよう。

　俺はため息をついて、自分の寮へと戻った。

　彼女はサラじゃない。そう結論づけたのに……。

　──なぜかその日から、彼女の笑顔が頭から離れなくなった。

前を向いて

　んー、よく寝た……！

　月曜日の朝。

　すごく目覚めがよくて、すがすがしい朝を迎えた。

　天気もよく、今の私の気持ちのように晴れ渡っている。

　いつものようにお弁当を作って、支度をして家を出た。

　ふふっ、今日も1日元気に行こうっ。

「由姫」

　寮から出て少し歩いた時、背後から蓮さんの声が。

　振り返ると、蓮さんがこっちへ走ってくる。

「蓮さん！　おはようございますっ」

　笑顔で挨拶をすると、蓮さんは心配そうに私の顔を覗き込んでくる。

　ふふっ、蓮さんってば、まだ心配してくれてるのかな？

「おはよ。体調は……」

「えへへ、もうへっちゃらですよ」

　治ってから数日たっているし、もう風邪を引いていたのがずいぶん前のことのように感じる。

　蓮さんは私の顔を見ながら、なぜかうれしそうに笑った。

「……由姫には笑顔が一番似合うな」

　……え？

　もしかしたら……春ちゃんのことも、心配してくれてたのかな？

彼氏に浮気されたと、蓮さんには話した。

あれ以来、蓮さんはその話に触れてこなかったから、忘れていると思っていたけど……きっと私が気にしていたのを察して、言わないでいてくれたんだ。

「そうやって、ずっと笑ってろ」

ふっと笑みを浮かべ、私の頭をわしゃわしゃと撫でた蓮さん。

そのキレイな笑顔と言葉に、思わず顔が熱くなる。

「は、はいっ……」

「ん？　顔が赤いぞ？　やっぱり風邪が……」

「へ、平気です……！」

そんな優しい顔で頭を撫でられたら、誰だって照れますっ……！

というか、そんな思わせぶりなことをしたら、普通好きになってしまうと思う……。まったく、蓮さんは罪な人だ……。

相手が私だからよかったものの……と、蓮さんのことが心配になった。

「そうか？」

本人は少しも自覚がないみたい。こういうのを、魔性の男って言うんだきっと……！

そんな失礼なことを思いながら、顔の熱を冷ます。

それにしても、蓮さんと歩いているとびっくりするほど何も言われない……。

いつもなら、何かと陰口や視線を感じるけど、蓮さんが

隣にいる時はぴたりと収まる。

　同じクラスのみんなといる時も、舜先輩たちといる時も、女の子たちの黄色い声が聞こえるけど……それもない。

　なんというか、おそれ多くて近づけない、視線も向けられないといった感じで、人だかりがあっても、みんなさーっとはけていく。

　No.1暴走族のトップとはいえ、神聖化すらされている蓮さんの校内での立ち位置を痛感した。

　私なんて隣にいていいのかなと、罪悪感さえ感じる。

　校舎が見え始めた時、私は蓮さんに告げた。

「蓮さん、ここで別れましょう……！」

「どうしてだ？」

　まだここに来るまでは人が少なかったけど、校舎に入ったら当たり前に生徒がたくさんいる。

「私といたら、蓮さんの評判が悪くなっちゃうような気がするので……」

　私ごときが蓮さんの評判を下げられるとも思ってないけど、プラスにはならないだろうなと自覚していた。

　きっと私が隣にいたら、みんななんであんなのがって思うだろうしっ……。

「悪くなるような評判もない。というか、由姫以外に何を思われてもどうでもいいから平気だ」

　蓮さんは本当にまったく気にしていない様子で、いつもの優しい笑顔を浮かべる。

　すごいな……。

　他人の評価なんて微塵も気にしていない姿に、少し尊敬
した。

　私はやっぱり、多少は気になってしまうし、悪く言われ
ると胸が痛む。

　蓮さんは、精神的にもとても強い人だなと思った。

　きっと私が出会った人の中で、一番強い。

　……あ、お父さんとお母さんは別だっ……！

「つーか、そんなこと聞くってことは、誰かに何か言われ
てるのか？」

　蓮さんが眉間にシワを寄せたのを確認し、慌てて首を横
に振る。

「い、いえ、そういうわけでは……」

　言われているけど、そこまで気にしていないし、蓮さん
に言うことでもない。

「……」

　なぜか黙り込んだ蓮さんを、じっと見つめる。

「蓮さん？」

「ん？」

「どうした？」と聞き返してくれる優しい表情は、朝日よ
りも眩しい気さえする。

　相変わらず、お顔が美しいっ……。

　その眩しさに、思わず目を細めた。

　結局、階段で別れるところまで蓮さんと一緒に歩いた。

　教室まで一緒に行こうと言ってくれたけど、さすがに蓮

さんが来たら騒ぎになる。

　それに、私と蓮さんが一緒にいたら、どういう組み合わせだって思われること間違いなしだから……。

　寮での関わりはバレたら困るし、接点は隠したほうがいいと私は思っていた。

「おはようっ」

　教室に入ると、海くんと拓ちゃんの姿が。

「あれ、弥生くんと華生くんは？」

　いつもならいるふたりの姿が見当たらず、キョロキョロとあたりを見渡す。

「まだ来てないんだ。珍しいな」

「あんなバカ双子、放っておけばいいって」

　拓ちゃんってば……あはは。

　ふたりはＨＲが始まる５分前になっても現れなくて、さすがに心配になってきた。

　大丈夫かな……。

　そう思った時、教室の後ろの扉がゆっくりと開く。

　あっ……！

「「由姫……おはよう……」」

　……あれ？

　弥生くんと華生くん……なんだか顔がげっそりしてるような……。

　おぼつかない足取りでこっちへ来て、どすんっと席についたふたり。

　ど、どうしたんだろう……まさか、風邪？

「ふたりとも、大丈夫？」

　心配で顔を覗き込んだ私を見ながら、ふたりは不満をこぼすように口を開いた。

「朝からfatalの集まりがあって……」

「最近fatal雰囲気最悪だから、なんかすごい疲れた……」

　fatalの集まり……？

　雰囲気が最悪って……。

　ふたりがこんなにげっそりしているってことは、相当だったんだろう。

　fatalも、大変なんだなぁ……。

　少し他人事のように、そんなことを思った。

　きっと私の中で、もう自分は"fatalの部外者"と認識していたんだと思う。

　そのことに対してもう悲しさはなくて、自分が前を向けていることになんだかほっとした。

「お疲れ様ふたりとも」

　机にうつ伏せている弥生くんと華生くんの頭を、よしよしと撫でた。

　すると、ふたりはうれしそうに頬を緩めている。

「「はぁ……由姫は天使だ」」

　ふふっ、また変なこと言ってる。

　そのくらい疲れているみたいだから、今日はふたりを労ってあげよう。

　イスを私の隣に持ってきて、両方から抱きついてきたふたりの頭を撫で続ける。

「離れやがれ……!!」

　拓ちゃん、今日は怒らないであげて……！

「はぁ……最近揉め事も多いしさ、どうして後輩の俺たちが後始末しなきゃいけないんだろ」

　……え？

　弥生くんの言葉は、たぶん話の流れからしてfatal内の話だと思う。

　揉め事が多いって……いつものことじゃないのかな？

　舞先輩や他の人たちから聞いたところによると、fatalは結構、無法地帯になっているみたいだし……。

「ほんとだよ……冬夜さん以外、うちの３年は猿しかいないし……」

　弥生くんに続いて、華生くんも不満をこぼした。

　やっぱり、ふゆくんは他のみんなとは違うんだ。

　華生くんの言い方からして、ふゆくんに対してはリスペクトがあるように感じた。

「つーか、春季さんおかしくない？」

「うん。女遊びも激しいし、ずっと不機嫌でまわりに当たり散らしてるし……」

　そっか……。

　春ちゃんの名前に驚きつつも、動揺はない。

　もっとしっかりしなきゃダメだよ、春ちゃん……。なんて、もう私が言える立場にはいないけど。

　けど、まわりに当たり散らしてるって……もしかして、私のせい？

　春ちゃんからは、あの日以降もメッセージが届いている。

　今日はこんなことがあったとか、サラが好きそうなスイーツを見つけたよ、とか……そのすべてに、返信はしていない。

　もしそれが原因だとしたら……春ちゃんの行動は私のせいってことになる。

　罪悪感を感じて、目を伏せる。

「おい、つまんねー話してんじゃねーよ」

　拓ちゃん……？

　弥生くんと華生くんを注意した拓ちゃんを見て、もしかしたら気をつかわせてしまったのかもと思った。

　拓ちゃんは私と春ちゃんが付き合っていることを知っているし、だから春ちゃんの話題に私が傷ついたと思ったのかな？

　でも、もう平気だよ。

「暴走族も大変なんだね」

　ふたりに向かって、笑顔でそう言った。

　拓ちゃんが私を見ながら、少し驚いている。

　私はこっそり目で、大丈夫だよと訴えた。

　春ちゃんとも……ちゃんと、話をつけなきゃ。

　このままの状態を続けたら、悪影響が出るだけだよね。

　もう、心は決まっている。

　私はちゃんと――春ちゃんに、別れを告げるんだ。

ROUND＊08
居場所

告白予約

【side拓真】

「暴走族も大変なんだね」

　そう言って、双子の頭を撫でた由姫。

　俺のほうを見ながら、にこっと微笑んだ。

　その姿に、少しだけ安心する。

　fatalのことは……もう平気なのか。

　さすがというか、由姫は強いなと思った。

　昔、あんなに仲のよかった奴らの、変わり果てた姿を見たんだ。

　俺は由姫からfatalの奴らの話を聞いていたが、実際のあいつらは由姫の話とは真逆の奴らだった。

　優しいの "や" の字もない性格のねじ曲がった集団。

　ひとりだけ冷静そうなのがいたが、トップ3があんなんじゃ、No.1を奪われて当然。

　そのことさえ、由姫には伝えてないみたいだったけど。

　あいつらは、ずっと由姫を騙してた。

　……いや、騙しているつもりはないのかもしれない。

　由姫……というか、サラへの気持ちは手に取るようにわかったし、サラを好きな気持ちが全会一致なんだろう。

　俺もそうだから、少しだけ気持ちはわかる。好きな女の前では、いい奴でいたい。

　……まあ、あいつらがクソなことは何も変わらないが。

　それに、由姫の反応からして、あいつらに会った時にひ
どいことでも言われたんだろう。

　ずっと信頼していた奴にそんなことをされたら、普通の
女ならトラウマになる。

　由姫も……立ち直れないくらい傷ついていると思ってた
から……笑顔を見られて安心した。

　俺が思ってたよりも何倍も、強くて冷静な人間だ。

　またひとつ由姫を好きになって、頭を押さえる。

　これ以上、好きになってどうするんだ。

　本当に罪な奴だなと思う。双子もすっかり手なずけて、
しかも生徒会の奴らとまで仲良くなってるし……この前な
んかnobleの総長が、由姫を探しに教室に来たらしい。

　ありえない。

　nobleの総長の詳しいことは知らないが、他人のために
動くような男ではないはずなのに。

　もしかしたら、そいつも由姫のこと……。

　これ以上ライバルが増えるなんて考えるのも嫌で、髪を
かき上げた。

　１限目が終わって、休憩に入る。

　ちょうどタイミングよく双子が爆睡していたから、俺は
由姫に声をかけた。

「由姫、お茶買いに行こ」

「えっ……う、うん！」

　いつものふたりになる口実を使って、由姫を教室から連

れ出す。

　屋上へやってきて、ふたりでベンチに座った。

「……もう平気か？」

　さっきの様子からしてもう吹っきれているんだろうけど、一応確認しておきたかった。

「風邪のこと？　ふふっ、みんな過保護だなぁ、元気いっぱいだよっ」

　かわいい……じゃなくて。

「それもだけど……fatalの奴らの、こと」

　由姫は、「そのことかぁ」と恥ずかしそうに笑う。

「うん！　もう平気だよ！」

　……そっか。よかった……。

　由姫の笑顔が、戻って。

「みんなのことが大切な気持ちは変わらないけど……」

　由姫はそう言って、俺が大好きな満面の笑みを浮かべる。

「新しい友達や……大切にしたい人が、たくさんいるから」

　……うん。

　俺もその中に、入ってるといいな。

「拓ちゃんもだよっ」

　まるで俺の心の中を呼んだかのように、そう言った由姫。

「……そっか」

　由姫にとって、自分が"大切"の立ち位置に入れていることを、誇りに思った。

　でも……fatalのことはいいとして、あいつとはどうするんだろう。

　今はたぶん、まだ付き合ってると思う。

　そのあと何があったかは聞いてないけど、正直ずっと気になっていた。

　けど、聞くのはさすがにデリカシーがないか。

　そう思ったけど、予想外に由姫のほうから、その話を切り出してくれた。

「春ちゃんとのことも、わかってるの」

「……え？」

「ちゃんと……別れなきゃって思ってる」

　──俺は、最低な男だ。

　由姫はきっと悲しんでいるはずなのに……今、叫んでしまいたいほど喜んでる。

　これで……由姫はもう、あいつの恋人じゃなくなるんだ。

　由姫に……俺の気持ちを伝えられるんだって。

「私から、話すつもり」

「うん」

　いい幼なじみの仮面をかぶったまま、頷いて返した。

　内心、早くその日が来ないかと待ちわびているのに。

「なあ、由姫」

「ん？　どうしたの？」

「俺……」

　本当は、今すぐ言ってしまいたい。

　だって、そうでもしないと誰かに取られてしまいそうだから。

　早くしないと奪われる。

「……いや」

　でも……今はダメだ。

「やっぱり何もない」

　一応まだ、あいつは由姫の恋人で……そんな時に告白を
したら、由姫を困らせてしまう。

　曲がったことが嫌いなことは十分わかっていたから、俺
は喉まで出そうになった告白の言葉をぐっとのみ込んだ。

「……？」

　そんな俺を見ながら、由姫は首をかしげている。

　その仕草がかわいくて、頬が緩むのを抑えられない。

　小さな頭に手を置いて、微笑みを向ける。

「あいつと別れたら、話がある」

　俺はそう言って、告白の予約をしておいた。

「うん！　わかった！」

　きっと俺の気持ちなんて、少しも気づいていない由姫は、
無邪気に笑っている。

　なあ……俺にも少しは、チャンスある？

　俺、諦めないから。

　あいつと違って……由姫を泣かせたりしないから。

　……由姫への気持ちは、誰にも負けないつもりだった。

　だから心のどこかで、傲慢があったのかもしれない。

　由姫が一番信頼してるのは俺。付き合いが一番長いのも
俺で……俺が由姫のことを、一番わかってるって。

　──それがとんだ間違いだったことを、俺はのちに痛感す
ることになる。

Watch out！

　次の授業は……体育だっ。

　時間割を確認し、カバンから体操着を取る。

「今日は男女で完全に別だっけ？」

　海くんの言葉に、笑顔で頷く。

「うん、そうみたいだよ！　男の子たちは何するの？」

「俺たちはサッカー。女子は？」

「体育館でマラソンだよ！」

　そう答えると、弥生くんと華生くんが顔をしかめた。

「うげ……室内マラソン……」

「俺もサッカー嫌いだし、一緒にサボろうよ由姫～」

　ふたりとも、マラソン嫌いなのかな？

「ふふっ、サボっちゃダメだよ。それに私、マラソンは好きなのっ」

「「ええっ……」」

　走るとすっきりするし、適度な運動は大切だもんねっ。

「病み上がりなんだから、あんまり無理するなよ？」

　拓ちゃんってば、もう治ってから数日がたつのに。いったいいつまで病み上がり扱いなんだろう。

　心配そうに顔を覗き込んでくる拓ちゃんに、笑みがこぼれた。

　みんなとバイバイして、ひとりで女子更衣室のほうへ。

　着替えてから、体育館に移動する。

　更衣室と体育館は少しだけ距離があって、移動するには廊下を使わないといけない。

　その途中、会う人会う人に挨拶をされる。

「お疲れ様です！」

「体育の授業、頑張ってください！」

　……もちろん、nobleの人たちだ。

　2―Sのみんなと歩いている時はそっとしてくれているのか何も言われないけど、ひとりで歩いていると至るところで挨拶をされる。

「ど、どうも、です……」

　いったい、私が生徒会に入ったことをなんて伝えたんだろう……。

　せめてタメ口でいいのに……と、今日もできるだけ気配を消して歩いた。

　生徒会に入ってから、数日がたったけど……最近、陰口を言われることが激減した。

　女の子や、たぶんfatalだと思う人たちからはまだこそこそと囁かれることがあるけど、それも本当にたまに。

　nobleが校内で一番権力を持っているって言っていたのは伊達じゃないなと、nobleの勢力を痛感した。

　……というか私のほうが新入りなんだから、本来挨拶をしなきゃいけないのは私のほうな気が……。

　nobleの皆さん、ごめんなさい……。

　心の中で、深く謝罪した。

　ふぅ……運動するとすっきりするなぁ。

　体育が終わり、更衣室に向かう。

　その、途中だった。

　――ガシッ。

　……え？

　突然腕を掴まれ、後ろに引かれる。

「ちょっと来なさいよ」

　この子たち……同じクラスの……。

「わっ……！」

　思いきり引っ張られ、倒れそうになった。

　なんとかバランスを立て直して、引かれるがまま彼女た
ちについていく。

「あんたさ、なんなの？」

　人影のない裏庭に連れてこられ、女の子たちは私を囲む
ように立っている。同じクラスの女の子４人は、みんな怖
い顔で私を睨んでいた。

「えっ……？」

　なんなのっていうのは……何がだろう……。

　わからなくて、首をかしげた。

　すると、ますます女の子たちの機嫌が悪くなった。

「氷高様たちのことよ!!」

　えっ……た、拓ちゃん……？

　もしかしたら、私が拓ちゃんたちと一緒にいるのを、よ
く思っていないのかも……。

　思い当たる節はあるし、こんな見た目だからよく思われ

なくて当然だ。でも……ど、どうすれば……。

　なんて反論すればいいかわからず、視線を下げる。

「なんとか言いなさいよ!!」

「なんであんたみたいな地味子がちやほやされてんの?」

「ブスのくせに、ちょっとは身の程わきまえれば?」

　うう、胸に刺さる言葉ばっかり……。

　彼女たちが言っているのは何ひとつ間違っていないけど、ただちやほやされているという部分に対しては異議を唱えたい。

　たぶん、かわいくなさすぎて女とすら見られないから、みんな私と一緒にいてくれるんだと思う……。

　なんていうか、男友達みたいな感じで、みんなとの間に恋愛感情や友情以外の感情は生まれてないはずだ。

「トップ4ひとりじめして、しかも生徒会に入ったって噂まで……ほんとなわけ?」

　……え?

　生徒のワードに、ぴくりと反応してしまう。

　そんなに広まってるんだ……って、nobleの人たちがみんな知ってるんだから、当然か……。

「生徒会に入ったのは、お手伝いのためだけです……!」

　先輩たちの名誉のため、そう伝えた。

「だからっておかしいでしょ?　今まで女子入れたことなかったのに……」

　リーダー格の女の子は、腕を組みながら舌打ちをした。

　た、たしかに、それは私も聞いたけど、それもたぶん私

は女性とすらカウントされていないだけで……。

「ていうか、そのメガネ何？　見てるだけでムカつくんだけど……!!」

　返事に困っていると、リーダー格の女の子が私に向かって手を振り上げた。

　……ぶたれる。

　メガネが壊れたら困るので、避けようと上体を傾けた時だった。

　——パシッ。

「はい、ストーップ」

　後ろから伸びてきた手が、女の子の手を掴んだ。

「……っ、し、新堂くん……！」

　ど、どうしているのっ……！

　海くんの登場に、女の子たちは顔を真っ青にしている。

　そんな女の子たちを見て、にっこりと笑った海くん。

「女が暴力なんてしちゃダメじゃん」

　相変わらず、眩しいほど爽やかな笑顔。

「俺の友達、いじめないで」

　女の子たちに注意するように言った海くんは、続けて「わかった？」と聞き返す。

　みんなこくこくと首を何度も縦に振り、逃げるようにどこかへ行ってしまった。

　た、助かった……。

　ほっと胸を撫で下ろし、お礼を言おうと口を開く。

　けど、私より先に海くんが言葉を吐いた。

「余計なお世話だった？」

　……余計な、お世話？

　意味深な発言に、私の頭上にはてなマークが並んだ。

「俺が助けなくても、大丈夫そうだったね」

「え……？」

「由姫って、ケンカできるでしょ？」

　……っ。

　海くんは……まるで見定めるような目で私のことを見ていた。

　その視線を向けられると、ひどく居心地が悪くなる。

　海くんは、何かに気づいている。すぐに、そう察した。

　まさか、私がサラってこと……。

　いや、そこまではバレてないか。

「どうしてそんなこと思ったの……？」

　どこまで勘づいているのかを知りたくて、そんな質問を投げる。

「動きでわかった」

「私、そんな変な動きしてた？」

「ケンカ慣れしてない奴ってさ、避ける時に目を瞑って対象から顔を逸らすんだ。とっさに。でも由姫は相手の動きを観察したまま、的確に相手の手が届かない方向に身を逸らした」

　……わざわざそんなところ、見てたの？

　海くんって、もしかして前から私のこと、勘ぐってた？

「ねえ、由姫って何者？」

　笑顔でそう聞いてくる海くんは、いつもの海くんじゃな
い気がした。

　いや、いつもの海くんには変わりないけど……私の中で
海くんは、無害な優しい爽やか青年だったから。

　海くんに対して、警戒心を抱く日が来るなんて……。

「何者でもないよ」

　そう言って、海くんと同じように笑顔を向けた。

　私の顔を、海くんはじっと見つめてから……。

「……ま、そんなわけないか」

　ひとり言のように、そう呟いた。

「早く着替えておいで、また教室でね」

「うんっ！　バイバイ！」

　手を振って、更衣室のほうへ走り出す。

　海くんの姿が見えなくなってから私はふぅ……と息を吐
いた。

『俺はずっとその人が、忘れられないんだよね』

　一度、海くんがサラのことを話していた。

　海くんはサラのことを探しているみたいだし、バレると
厄介だ。

　だって……さ、詐欺罪で訴えられちゃうかもしれない
から……。

　とにかく、バレるわけにはいかない……！

　海くんには、ちょっと注意しよう……。

　私はひとり、そう決心した。

何者？

【side海】

　1週間前、noble内に一報が入った。

《生徒会に2－Sの白咲由姫が加入する。由姫への対応は幹部への対応と思え》

　それが総長からの直々の報告だったため、nobleに激震が走った。

　由姫が生徒会に……？　ていうか、幹部への対応と思えって……。

　それって実質、由姫はnobleにとって"大事な存在"になったってことだよな？

　ていうか、総長にとって……？

　どういうことだと気になって仕方なかったけど、翌日、すべてが判明する出来事が起こった。

　由姫の姿が見当たらないらしく、教室まで探しに来た蓮さん。

　あの誰にも無頓着だった蓮さんが人を探し回っているということに驚いたし、しかもその相手が由姫ということに衝撃を受けた。

　蓮さんはたぶん、由姫のことが好きだ。

　ひとりの——女として。

　クラスの女子に呼び出されて、ぶたれそうになっていた

由姫。

「余計なお世話だった？　俺が助けなくても、大丈夫そうだったね」

「え……？」

「由姫って、ケンカできるでしょ？」

　俺の質問に、由姫は顔色を変えた。

　それは……今までの由姫からは感じたことのない、陰の部分。

「どうしてそんなこと思ったの……？」

　もっと挙動不審になるかと思ったけど……予想外に冷静な反応が返ってくる。

　なるほど……ただの天然ってわけでもないってことか。

「動きでわかった」

「私、そんな変な動きしてた？」

「ケンカ慣れしてない奴ってさ、避ける時に目を瞑って対象から顔をそらすんだ。とっさに。でも由姫は相手の動きを観察したまま、的確に相手の手が届かない方向に身を逸らした」

　由姫はあの女子に殴られることをまったく恐れていなかったし、むしろまわりにいた女子に当たらないように避ける方法を考えてるみたいだった。

「ねえ、由姫って何者？」

　由姫には絶対に……何かある。

「何者でもないよ」

　にっこりと微笑む由姫に、疑問はますます膨らむばかり。

　ただ……由姫には何か "秘密" があるということだけが
確信に変わった。

　ひとつだけ、俺の中に可能性が浮かぶ。

　由姫が来る前、俺はしつこく氷高に声をかけていた。仲
よくしたかったから。

　それには、理由がある。

　一度だけ……偶然、南さんと滝さんの会話を聞いたこと
がある。

　その時……氷高がサラの知り合いかもしれないと話して
いた。

　氷高に声をかけていたのは、サラのことを聞きたかった
から。

　そして、由姫が見せてくれた弟の写真。

　どこか……サラに似ていたんだ。

　さまざまな引っかかりが合わさって、生まれた可能性。

　由姫はもしかして——。

「……ま、そんなわけないか」

　俺はすぐに違うなと、ひとり結論を出した。

　いくらなんでも……そんな都合のいい話、ありえない。

「早く着替えておいで、また教室でね」

「うんっ！　バイバイ！」

　由姫は笑顔で、更衣室のほうに駆けていった。

　何もわからなかったけど、何かあることだけはわかった
しまあいいか。

　とりあえず…… "報告" しないと。

　その日の放課後。

　nobleの奴らと話をしてから、寮に帰った。

　部屋について荷物を置き、すぐにスマホである人に電話
をかける。

「もしもし、俺です」

《……なんだ？》

　電話ごしに聞こえる低い声。

　めんどくさいから早くしろと言われているみたいで、俺
は先に要件を伝えた。

「由姫のことです」

　すると、電話相手は態度を一変させた。

《何かあったのか？》

　……心配そうな声。

　そんなに由姫が好きなのか……ほんと、びっくりだ。

　まさかうちの総長が……なんて。

　電話の相手は蓮さんで、俺は由姫のお目付役を蓮さんか
ら任された。

　最初はびっくりしたけど、舞先輩から俺が由姫と親しい
ことを聞いたらしい。

　急に電話がかかってきて、もし由姫に危害を加える奴や
陰口を叩く人間がいたらすぐに報告しろと頼まれた。

　ほんと……過保護すぎるにもほどがある。

　蓮さんのことは憧れているし、背中を追ってきた。

　だからこそ、まさかこの人がひとりの女に執着するなん
て……しかもそれが由姫なんて、驚いた。

　ていうか、由姫は本当に何者なんだ？

　あの氷高を手なずけて、しかも双子まで落とした挙句、蓮さんまで……。

　正直、由姫の魅力が今ひとつわからずにいた。

　もちろん、性格は最高だ。友人としては本当に文句ないし、一生友達でいたいとさえ思う。

　落ちついているし優しいし、気も配れて、由姫の笑顔を見てるとほっとする。

　でも……女性としての魅力があるかと言われれば、どうなんだろう……。

　あれでもう少し容姿が華やかだったら納得できるんだけどなぁ……。って、失礼か……。

「さっき、同じクラスの女子生徒４人から呼び出し受けてました。殴られそうになってましたけど……一応何もなかったです」

　そう報告をすると、スマホごしに舌打ちが聞こえる。

《呼び出した時点でアウトだ。その４人の名前送ってこい》

　うわぁ……どうなるんだろうあの４人。蓮さん敵に回しちゃったら、この学園でやっていけないよ。

　教師も生徒も、みんな蓮さんの顔色をうかがってる。

　悪い意味ではなく、そのくらいこの人は絶対的な存在なんだ。

《……noble内の警告だけじゃ足りないか……》

「え？」

　蓮さんが、何かぼそっと呟いた。

「何か言いましたか？」

《……》

　どうやら、もう一度言ってくれるつもりはないらしい。

　まあいいか。それより……。

「あの……蓮さんと由姫ってどういう関係ですか？」

　ずっと気になっていたことを口にする。

　俺なんかが蓮さんに質問してもいいものかと思うけど、どうしても気になって仕方なかったから。

《答える必要あるか？》

　低い声が返ってきて、しまったと思った。

「いや……単純に気になっただけです。すみません」

《由姫に変な気起こすなよ》

　ブツッと、一方的に切れた電話。

　俺は緊張の糸が解けたように、はぁ……と大きな息を吐き出した。

「みんなして由姫由姫って……」

　そんなに由姫がいいのか……。

　いったい、由姫にはどんな秘密が隠されているんだろう。

　こんなにひとりの女の子に興味を持つのは、サラ以来だ。

　……いや、サラと他の女の子を一緒にはできないな。

　サラは俺にとって、特別な人だから。

　サラ探しはほとんど南さんに任せてるけど……いつになったら見つかるんだろう。

　あんなキレイな人、すぐに見つかりそうだけどなぁ……。

　俺は、学生証入れに入っている１枚の写真を取り出した。

　出回っている、唯一のサラの写真。

　２年前のだから、少し幼い笑顔だけど……この笑顔が、俺の心を掴んで離さない。

　今ごろ、もっとキレイになってるんだろうな。

　サラに、強くなった今の俺を見てほしい。

「そばにいたら、一発でわかるんだけど……」

　せめて県内にでもいてくれれば、見つけ出せるのに。

　今ごろどこにいるんだろうと思いながら、写真をそっとしまった。

　……あ、そうだ、蓮さんに送っておかないと……。

　今日由姫を呼び出した女子の名前を打って、メッセージを飛ばす。

　ごめんな……と、女子たちには心の中で謝っておいた。

　そういえばさっき、noble内だけじゃ足りないとか、なんとか言ってた気がするけど……あれはどういう意味だったんだろう。

　……まあ、別に気にしなくていいか。

　俺は言われたとおり、由姫の護衛をすればいいんだ。

　けれど、その蓮さんのひとり言の意味は、翌日判明することとなった。

暴走気味な独占欲

　朝学校に行くと、なんだかいつもより騒がしかった。

「なあ、今日のあれさ……」

「何を話すんだろうね？」

「緊急って言うくらいだから、何かあったんじゃない
の……？」

　……？

　廊下を歩いている時も、みんな何か話していて、聞き耳
を立てずとも会話が入ってきた。

　何かあったのかな……？

　教室につくと、いつものように弥生くんと華生くんが飛
びついてきた。

　ふたりに抱きつかれながら、自分の席につく。

　今日も拓ちゃんはお怒りで、私からふたりを剥がそうと
していた。

「離れろクソ双子……!!」

「「いや～！」」

「てめーら……」

　なんだかんだ本気で嫌い合っているわけじゃないとわか
るから、微笑ましく見ていられる。

　ケンカするほど仲がいいって言うもんね！

「それより由姫、知ってる？」

　弥生くんのひとことに、首をかしげる。

「ん？　なんのこと？」

「今日、緊急朝礼があるんだって」

　華生くんがそう答えてくれて、私は「ああ……！」と納得した。

　今日の騒ぎはそのせいだったんだ……！

　でも、緊急朝礼ってなんだろう……？

「なんの話をするの？」

「なんか、nobleからの報告らしいけど……」

　拓ちゃんが、少し嫌そうに言った。

　nobleから？

「お前なんか知らないのかよ」

「まったく聞かされてない。ただ全員出席しろとだけは今朝連絡来てた」

　拓ちゃんからの質問に、海くんが苦笑いで答えた。

　幹部の海くんにも知らされてないことって……な、なんなんだろう？

　昨日の生徒会はいつもどおりだったし、生徒会として報告するようなことは何もなかったと思うけど……。

　平和な報告だといいなっ……。

　そんなことを思った時、ふと教室内の違和感に気づいた。

　キョロキョロとあたりを見渡すと、海くんが私を見ながら不思議そうに口を開く。

「どうしたの由姫？」

「えっと、女の子たちがいないなと思って……」

　ただでさえ、女子生徒の少ない学校。

　数少ないクラスメイトである女の子4人はいつもこの時間には来ているはずなのに、今は女子が私ひとりしかいない状態だった。

　昨日呼び出されたこともあり、女の子たちを気にしていたからすぐに気づいた。

「ああ……まあ、大丈夫だよ。たぶん」

　……ん？

　海くんはなぜか、しどろもどろになりながら言った。

　大丈夫とかたぶんとか……何か知っているのかな？

　わからないけど、聞いてほしくなさそうだったからそれ以上は聞かないことにした。

　緊急朝礼は、体育館で行われる。

　みんなで体育館に移動し、自分たちのクラスの待機場で座った。

　少したった時、突然女の子たちの黄色い声が上がった。

「「「「きゃあー!!」」」」

　な、何事だろう……。

　女子生徒は少ないはずなのに、すごい歓声……。

　驚いて前を見ると、そこにいたのは舜先輩に滝先輩、南くんと……そして蓮さんの姿が。

　さっきの黄色い声はどうやら、nobleのトップ4に向けられたものみたい。

　女の子はみんな立ち上がって、4人を見ようと前のめりになっている。

「朝から生徒会を拝めるとか幸せすぎっ……！」

「ちょっと待って、あれ、生徒会長……!?」

「いつも朝礼とかには参加してないのに、なんで今日はいるの……！」

　わぁ……やっぱり、すごい人気なんだなぁ……。

「うわ〜、やだなnobleの奴ら」

「ほんとほんと。話ってなんだよ」

　弥生くんと華生くんは不満らしく、4人に背を向けるように座っていた。

　拓ちゃんに至っては、興味すらないのかスマホをいじっている。

　いったいなんの話をするんだろうなぁ……。

　そう思いながら、私は4人のほうを見た。

　すると……ふと、蓮さんと目が合う。

　というか、合ったように感じた。

　この距離だから、はっきりとは見えないけど……蓮さんが、ふわりと笑顔を浮かべた気がした。

　途端、体育館内に耳が痛くなるほどの黄色い声が響く。

「「「きゃあー!!」」」

　うっ……す、すごい……。

　反射的に両耳を押さえて、鼓膜を守った。

　というか……え？

「い、今、こっち見て微笑まなかった……!?」

「ちょ……あんた大丈夫!?」

「もう、ダメ……」

　た、倒れてる女の子がいる……！

　もしかして、今の蓮さんの笑顔で……？

　数人負傷者が出たらしく、近くの男の子たちに運ばれて
いく。

　れ、蓮さん、恐るべしっ……。

　でもたしかに、あの笑顔は反則だと思う。

　体育館内がますます騒がしさを増した時、前のステージ
に生徒会の4人が上がった。

　南くんがマイクを持って、手を上げる。

「はい、今から緊急朝礼を行いま～す！　生徒会から報告
があるから、よく聞いてねっ！」

　かわいらしい南くんの姿に、女の子たちの目はハートに
なっている。

「きゃー！　南様かわいい!!」

「天使ー!!」

「南様ぁー!!」

　み、南様……。

　なんというか、ここまでくると圧巻だ。

　アイドルみたい……。

　こんな状態で朝礼なんてできるのかなと思った時、南く
んから蓮さんがマイクを受け取った。

　そのまま、ステージの真ん中に立った蓮さん。

「……」

　蓮さんは無言のまま、生徒たちを見下ろしている。

　一瞬にして、シーンと静まる体育館内。

　さっきまでのざわつきが、一瞬にしてやんだ。

　歓声すらも出せなのか、あちこちから「はぅっ……」とか、「ほぅっ……」という声が聞こえるだけ。

　みんな、朝礼台に立つ蓮さんに釘づけだ。

　蓮さん……何を話すんだろう？

　私は蓮さんの言葉を、じっと待つ。

「2―S、白咲由姫は生徒会の一員になった。由姫に危害を加えるものがいればnoble幹部に報告すること。また、危害を加えたものはこの学園から追放する。以上だ」

　……え？

　白咲由姫って……わ、私のこと……!?

　蓮さんは、もう話すことはないらしく、スタスタと歩いてカーテンの奥へと消えていってしまった。代わりに、後ろに立っていた舞先輩がマイクを持ち、真ん中に立つ。

「今日の朝礼はこれで終わりだ。全員、速やかに教室に戻るように」

　終わり……？　ちょ、ちょっと待って……これだけのために、緊急朝礼を開いたの……？

　な、何これ……。

　静まったはずの体育館内が、再び騒がしくなった。

　一斉に、視線が私へ集まる。

「ねえ、白咲由姫って……例の編入生？」

「生徒会に入ったってなんで……？」

「蓮さんって、女嫌いだったよね？　半径5メートル以内に近寄ったら消されるって聞いてたんだけど……」

「どうなってんの……!?」

　ど、どうしようっ……。

「生徒会に守られてるとか意味わかんない……」

「ちょっと！　今の話聞いてた!?　文句とか言わないほう
がいいって……!!」

　気まずすぎて、今すぐにここから逃げ出したい気持ちに
なる。

　れ、蓮さん……！　あんなこと言うなんて、私何も聞い
てません……！

「ちょっと海！　どうなってんだよ……!!」

「生徒会の奴ら、なに言っちゃってんの!?」

　弥生くんと華生くんが、焦った様子で海くんに問い詰め
ている。

「いやぁ、昨日の電話このことだったのかぁ……蓮さん、
愛が暴走してるな……」

　海くんはまるで何か知っていたような口ぶりでそう言っ
て、私の肩を叩いてきた。

「愛されてるな、由姫」

　あ、愛されてるなって……。

「そ、そういうことじゃないよ……！」

「いや、そういうことだよ。まあ、これで呼び出されるこ
とも文句言われることもないんじゃない？」

　そ、そんな他人事みたいにっ……。

　でも、あんな牽制（けんせい）みたいなこと……心配して、言ってく
れたのかな……？

　そうだとしたら、ただ無下にするのもひどい気が……。

　うう、でもやっぱり、恥ずかしいというか……いたたまれない。

「……クソ」

　拓ちゃんは、なぜかひどく苛立っているようで、舌打ちをした。

　私はひとり顔を伏せ、できるだけ人の顔を見ないようにした。

上等だ

【side弥生】

「2ーS、白咲由姫は生徒会の一員になった。由姫に危害を加えるものがいればnoble幹部に報告すること。また、危害を加えたものはこの学園から追放する。以上だ」

　……は？

　ステージの上に立ちながら、偉そうにそんな宣言をしたnobleの総長。

　俺は衝撃のあまり、呆然と西園寺蓮のほうを見ることしかできなかった。

「今日の朝礼はこれで終わりだ。全員、速やかに教室に戻るように」

　おいおい、ちょっと待てよ……何言ってんだよこいつら。

　由姫が生徒会に入ったことは聞いた。

　気に入らないけど、由姫が入ると言っているから強く反対はできなかった。

　でも……。

「ちょっと海！　どうなってんだよ……!!」

　かよが、海に掴みかかった。

　俺も海のほうを見ながら問い詰める。

「生徒会の奴ら、なに言ってんの!?」

　あんな宣言……まるで、"由姫は自分たちのものだ"って言ってるようなものだ。

　クソ……本当に、どこまでも鬱陶しい奴らだ……ッ。
「いやぁ、昨日の電話このことだったのかぁ……蓮さん、愛が暴走してるな......」
　海が、呑気に笑っていて、その笑顔を殴ってやりたくなった。
　何が愛の暴走だ……つーか、やっぱり西園寺蓮は由姫のことを……。
「愛されてるな、由姫」
「そ、そういうことじゃないよ……！」
　由姫はこのことを知らなかったのか、この場にいる誰よりも驚いている様子。
　困惑している姿に、少しだけ安心した。
　由姫はまだ、好きな奴ができたとか、そんな感じには見えなかったから。
「いや、愛されてるよ。まあ、これで呼び出されることも文句言われることもないんじゃない？」
　……呼び出し？　文句？
　何それ……由姫、誰かに何か言われてたの？
　全然気づかなかった……。
　nobleの奴らに由姫が直接相談したのかはわからないけど、気づいてあげられなかったことがショックだった。
　由姫のことしか見ていなかったのに、由姫のことにも気づかないなんて……自分が情けない。
　風紀の教室に来た時もそうだ。
　俺はその場にいなくて、由姫を守れなかった。

　実際、俺は無力だし、今回生徒会が宣言したことで由姫に何か言う奴はいなくなるだろう。fatalの奴や、怖いもの知らずな奴以外は、由姫に手は出せなくなる。

　由姫を守ったのが自分ではなく、あのnobleの奴らだと思うと……nobleの奴らにも、そして自分にも腹が立った。

　ていうか、西園寺蓮って女嫌いで有名だったのに。由姫ってば……あの男まで落としたの？

　普通の人間なら、あの男がひとりの女に惚れ込むなんて信じられないだろうけど……俺はわかる。

　由姫の魅力を、誰よりもわかっているから。

　由姫に惚れるのはきっと当然のことで、西園寺蓮が由姫を好きになったことも納得できる。

　ただでさえ氷高がライバルで鬱陶しいのに……あんな男まで参戦してくるとか、ほんとに勘弁して。

　俺は、由姫じゃないとダメなんだ。

　俺たちには……由姫しかいないのに。

「……クソ」

　氷高が、悔しそうに舌打ちをした。

　こいつとはとことんウマが合わないけど、今はきっと俺たちと同じ気持ちだろう。

　……渡さないからな、絶対。

　氷高にも……nobleにも。

　No. 1の座はいい。俺らの代で奪うから。

　でも——由姫だけは、奪われたくない。

「……上等だ」

nobleの総長でもなんでも、かかってこい。

由姫は——俺たちのものだ。

俺はそっと、隣にいる由姫の手を握った。

いつも思うけど、本当に小さな手。

これからは、もう誰にも……由姫を傷つけさせはしないから。

由姫を守るのは俺たちだ。

心の中で、nobleの奴らに宣戦布告をした。

ようこそ

　その日は、どこへ行くのもつねに人の視線を感じていた。

　こそこそ言われるのは慣れているけど……今日はいつもの比じゃない……。

　けど、いつも聞こえていた陰口はぴたりとなくなり、ある意味平和になったのかもしれない。

　弥生くんと華生くん、拓ちゃんはなんだか１日中機嫌が悪かったけど、海くんはいつもどおりだった。

「それじゃあ、みんなまた明日！」

　ＨＲが終わり、カバンを持って教室を出ようとした。

　けど、突然弥生くんががしりと手を掴んでくる。

　どうしたんだろう？

「ねえ由姫、生徒会やめられないの？」

「えっ……？」

　弥生くんは、寂しそうに眉の両端を下げながら私を見てくる。

「俺たちとの時間は減るし、生徒会はなんか由姫は自分たちのものみたいに偉そうにしてるし……」

　華生くんまで……。

　まるで捨てられた子犬のような瞳で見つめられ、悪いことをしている気分になってきた。

「「由姫は俺たちのなのに……」」

　ふ、ふたりとも……どうしたんだろう？

「誰がお前たちのだ」

　舌打ちをしながら、ふたりの頭を小突いた拓ちゃん。

　ふたりとも、「いでっ！」と声を上げている。

　拓ちゃんは何やら大きなため息をついてから、難しい顔をして口を開いた。

「でも、俺も生徒会は気に入らない」

　み、みんなして……どうしてそこまで生徒会の人たちのこと、気に食わないんだろう……。

　やっぱり、nobleだからかな……？

「こらこら、由姫が困ってるだろ、こいつらのことは俺に任せて、行っておいで」

　私の両手を掴んでいる弥生くんと華生くんを、海くんが引き剥がすように離した。

「お前は黙ってろ!!」

「そうだ、nobleの端くれが!!」

「端くれってなぁ……」

　海くんは、あははと苦笑いをした。

　幹部だから、むしろ主要メンバーだと思うけどっ……。

　その言葉をのみ込んで、みんなに手を振る。

「生徒会の人たち、みんないい人だよっ。またお休みの日に遊ぼうね！」

　私の言葉に、ふたりは不満げな声で「「うん……」」と呟いた。

　あはは……よっぽどnobleが苦手なのかな……。

　でも弥生くんと華生くんは嫌いって言っていたし、仕方

ないのかもしれない。

　私としては……ふたりにも、生徒会の人たちのことを好きになってもらいたいけど……それはわがままだよね。

　そんなことを思いながら、教室を出て生徒会室に向かう。

　相変わらず……というか、視線が痛い。

　当分これが続くと思うと、自然とため息がこぼれた。

「し、失礼します……」

　たくさんの視線を浴びながら、ようやく生徒会室に到着した。

　ついたころにはあまりの無言の視線に疲れてしまって、ぐったりしていた。

　もう舜先輩、滝先輩、南くん、蓮さんの４人は揃っていて、蓮さん以外の３人は私に同情の目を向けてくる。

「悪かったな由姫、恨むなら蓮に言え」

　まったく悪気のなさそうな顔をしている舜先輩は、楽しんでいるようにさえ見えた。

　舜先輩、ひどいっ……。

「俺は止めたんだがな……」

　一方、滝先輩は申し訳なさそうにこっちを見ていた。

　南くんも、同じような視線を送ってくる。

「僕も止めたけど、蓮くんってば人の話、聞かないんだもん」

　そう話す南くんは、どこかいつもより不機嫌に見えた。

　……？

　不思議に思ったけど、蓮さんが近づいてきて思考がそち

らに移った。

　蓮さんはなぜか、誰よりも心配そうな顔でこっちを見てくる。

「昨日、女子生徒に呼び出されたんだってな」

「えっ……」

　ど、どうしてそれを……？

「海から聞いた」

　蓮さんの返事に、納得した。

　海くんってば、わざわざ言わなくていいのに……。

「で、でも、何かされたわけではないので……！」

「何かされてからじゃ遅いだろ。大丈夫だ、この学園でnobleに敵う奴はいない」

　蓮さんはそう断言し、私の頭に手を置いた。

「つねにnobleの奴らで由姫を守る。まあ、基本的には俺のそばにいろ」

　ふっと、笑みをこぼした蓮さん。

　守る、なんて……。

　私はそんなにやわじゃないけど、少しだけうれしかった。

　そういえば、あまり守られる側に立ったことがないような気がする。

　いつもみんなを守らなきゃって思っていたけど……守られるって、こんな気持ちなんだ。

　なんていうか……少しだけ、安心感というか……。

　蓮さんの気持ちは、純粋にうれしかった。

　それにしても……うっ……今朝この笑顔で何人の女の子

が倒れていたか、この人は知っているんだろうか……。

　直視できず、視線を下げる。

「本当は四六時中そばにいたいんだと」

　え？

　口角を上げながら、そんなことを言ってくる舜先輩。

「……黙れ」

　蓮さんはすぐに、舜先輩を睨みつけた。

　なんのことかわからないけど……とりあえず、お礼を言わなきゃ。

「あの……心配してくれて、ありがとうございます」

　今日のことは、ちょっと困ったけど……蓮さんは善意からしてくれたんだろうし、文句は言いたくない。

　お礼を言った私を見て、なぜか舜先輩と滝先輩が目を見開いた。

「由姫、もう少し怒ってもいいんだぞ？」

「そうだ。蓮の独占欲に拍車がかかるぞ」

「え？　……え？」

　独占欲？

「もー、由姫が困ってるよ〜」

　頭の上にはてなマークを並べた私を見て、南くんがふたりを止めた。

「今日のだって、本来は由姫の許可をもらってからやるべきなんだからね！　困らせてごめんね由姫……」

「困ってるってわけではないんだけど、目立つのはちょっと、苦手で……」

　正直にそう言うと、蓮さんが再び私の頭を撫でてきた。
「わかった。これからは気をつける」
　その言葉に私はほっとしたけど、他のみんなは呆れた表情をしていた。
「これは口だけのやつだな。まあ、許してやってくれ」
「というより南も、ノリノリで司会をやっていたように見えたが……」
「んー、なんのことぉ？」
　口々に話している生徒会の人たちを見ていると、なんだか笑ってしまう。
　今日のことは恥ずかしかったけど、蓮さんの善意として受け取らせてもらおう。
「……よし、無駄話はここまでだ。仕事に移るぞ。今日はやることが少ないから、急げば早く帰れる」
　舜先輩の発言に、私もよしっと気合を入れた。
　早く片づけるぞっ。
「ねえ、今日みんなでごはん食べようよ〜」
　南くんの突然の提案に、滝先輩が反応する。
「ああ、それもいいな」
「僕、焼肉食べたーい！」
「賛成だ」
　焼肉、かぁ……。
「誰の部屋でしよっか？」
「俺の部屋でいい」
　蓮さんがそう答えたのが意外だったのか、みんな驚いて

いる。

「……珍しいな。お前、人を家にあげるのいつも嫌がるくせに……ああ、そういうことか」

　滝先輩はなぜか納得した様子で、私のことを見た。

　……ん？

「蓮くんってば過保護すぎ！」

「うるさい。お前らの部屋になんか入れさせられるか」

「僕の部屋でもよかったのにー……まあいいけどさぁ……。由姫は、焼肉嫌いじゃない？」

「え？　私も……？」

「もっちろん！」

　まさか自分もその中に入っているとは思わず、びっくりした。

　いいのかな……そんな、新入りの私が……。

　場違いなんじゃないかな……。

「俺の部屋じゃなければなんでもいい」

「舜くん潔癖だもんね」

「焼肉はうまいが、そのあとの臭いは最悪だ」

「帰りに買って帰るか？　由姫はなんの肉が好きだ？」

「えっと……な、なんでも好きです」

　場違いなんじゃないかと思ったけど、そのままの流れで参加することになった。

　仕事は思ったより早く終わって、買い物班と準備班に分かれて帰った。

　買い物班はスーパーストアへ。準備班は先に蓮さんの家に行って焼肉の準備をする。

　ちなみに私と蓮さんが準備班で、先に蓮さんの家にお邪魔した。

「由姫、焼肉でよかったのか？　本当に嫌いじゃないか？」

「はいっ！　ハラミとか好きです」

　私の答えに、蓮さんは安心したように笑った。

「そうか、ならいい」

　私はキッチンで、プレートやお皿を用意する。

　すぐに焼肉を始められる準備ができた時、タイミングよく買い物班が帰ってきた。

　リビングに入ってきた舜先輩たちの手には、大量のお肉が入った袋が。

　こ、こんなに食べるの……!?

　少し驚くくらいの量に、目を見開く。

「蓮くーん、冷蔵庫借りるよ～」

「……変なことすんじゃねーぞ」

「もう！　僕のことなんだと思ってるの！　監視カメラつけたりなんてしないよっ」

「お前のそういう発想がこえーんだよ」

　キッチンから、南くんと蓮さんの会話が聞こえた。

　なんだか、すごく賑やかだなぁ……。

　私がnobleの人たちとの輪の中にいるだなんて、変な感じだ……。

「もう準備できたのか、助かる」

　滝先輩が、私の前に座った。

「いえ、買い物ありがとうございます」

「ああ。……由姫はハラミが好きなのか？」

「え？」

「蓮からハラミを多めに買ってこいって連絡があった」

「そ、そうだったんですね……」

　蓮さんってば……いつの間にそんな連絡を……。

「よーし、食べるぞ～！」

　みんなでテーブルを囲んで、お肉を焼く。

　南くんが、お肉を次々と取っていた。

　ずいぶんお腹がすいているらしく、ごはんも大盛りだ。

「僕、焼き加減とかわかんない～」

　そう言いながら、トングで生焼けのお肉を取ろうとした
南くんを慌てて止めた。

「南くん、それは豚肉だからちゃんと焼かなきゃ……！」

「そうなの？」

「あ、こっちのはできてるよ。はい」

　豚肉を取って、南くんのお皿に入れた。

「ありがとう由姫！」

　うれしそうな南くん。焼肉、大好きなのかな。

「そういえば由姫は自炊をすると言っていたな」

　もぐもぐと野菜を食べ続けている舜先輩のセリフに、私
も咀嚼しながら頷く。

　舜先輩、野菜好きなのかな……。

「得意ってわけではないんですけど、料理は好きです」

「由姫のメシはうまい」

　隣に座っている蓮さんが、お肉を焼きながらそんなことを言った。

「手料理……？」

　なぜか南くんが、勢いよく反応している。

「蓮は食べたことあるのか？」

「ああ」

　蓮さんはなぜか、得意げに答えた。

　おいしいって言ってもらえるのはうれしいな。

「ぼ、僕も食べたい……!!」

　手を上げた南くんに、笑みがこぼれる。

「ふふっ、また作るね」

　生徒会の皆さんと食べる夕食は、とても賑やかだった。

　舜先輩は野菜、肉、野菜の順できっちり食べていて、滝先輩は無言で食べ続けている。

　南くんも、小柄な見た目からは想像もつかないほどの大食漢らしく、すごい食べっぷり。

　一方、蓮さんは……。

「蓮くんさっきからハラミばっかり焼いてるけど……」

　黙々とハラミを焼き続けていて、それを全部私のお皿へ入れてくれる。

「ほら、焼けたぞ由姫」

「あ、ありがとうございます……!　でも私そろそろお腹いっぱいです……!」

　蓮さんの気持ちはとってもうれしいけど、こんなに食べられない……。

「蓮さんも食べてください！　今度は私が蓮さんのお肉焼きます！」

「由姫が焼いた肉なら全部食う」

　私が焼くことの何がそんなにうれしいのかわからないけど、蓮さんがうれしそうだから私もうれしかった。

　やっぱり、大勢で食べる夕食は楽しいなっ……。

「お腹いっぱい……僕こんなに食べたの久しぶり……」

　食べ続けて１時間くらいがたった時、南くんがお箸を置いた。

「腹八分目は基本だぞ。……滝、お前はいつまで食べてるんだ」

「……うまい」

　舜先輩は少し前に食べる手を止めていたけど、滝先輩はまだ食べ続けている。

　２－Ｓのみんなと食べた時も思ったけど、男子高校生の食欲ってすごいな……。

「僕、ジュース取ってこーよおっと！」

　南くんがお腹を重たそうにさすりながら立ち上がり、キッチンのほうへ行った。

　──パチンッ。

　……え？

　突然、部屋の電気が消える。

　驚いていると、すぐにあかりが戻った。

　て、停電か何か……?

「じゃじゃーん!!」

　南くんの大きな声が室内に響いて、反射的に視線をそちらへ向ける。

　視界に映ったのは、大きなホールケーキを持った南くんの姿。

「え……」

　私は驚いて、目を見開く。

「由姫、生徒会加入おめでとーう!!」

　ケーキをテーブルに置いた南くんが、パチパチと手を叩いた。

　まるで知っていたかのように、舜先輩と滝先輩も続く。

　蓮さんは、柔らかい笑みを浮かべて私を見ていた。

「これは……」

「お祝い……というか、礼だな。生徒会への加入を引き受けてくれて、感謝している」

　舜先輩が、ふっと笑った。

「由姫には期待してるぞ」

　滝先輩まで……。

　こんなサプライズがあるなんてまったく知らなくて、なんてお礼を言えばいいのかわからない。

　でも……ただただ、うれしかった。

　私……ここにいて、いいのかな。

　本当は、ずっと罪悪感があった。

　私はfatal側の人間だと思っていたし、nobleの人がサラ
を探していることも知っているから、みんなのことを、騙
しているみたいで……。

　でも……。

「あ、ありがとうございますっ……」

　優しく迎え入れてくれる生徒会のみんなに、涙が出そう
になる。

　それをぐっとこらえて、お礼を言った。

「喜んでくれた？」

　南くんが、私を見ながら笑顔で聞いてくる。

「う、うんっ、とってもうれしい……！」

　私も笑顔でそう返すと、隣にいた蓮さんがいつものよう
に頭を撫でてくれる。

　柔らかい表情をしている蓮さんに、照れ臭くて顔が熱く
なった。

「もーう！　甘い空気出さないでー‼」

　南くんはなぜか、蓮さんに怒っている。

「おい、いちごは全部由姫にやれ」

「ふふっ、全部は食べられませんよ」

　取り分けてくれている滝先輩に蓮さんがそんなことを言
うから、笑ってしまった。

「僕のいちごあげるー！」

　私のお皿に南くんがいちごを入れてくれて、いちごだく
さんのショートケーキになった。

　お腹いっぱいだけど、甘いものは別腹だ……おいしいっ。

「よくそんな糖分の塊が食えるな……」

　舜先輩は甘いものは苦手なのか、眉をひそめながらケーキを見ている。

「由姫？　このケーキにどれだけの糖質があるか知っているか？　とくにこの生クリームは……」

「もう舜くんってば、そういうこと言わないで!!　ケーキがまずくなっちゃう!!」

「事実だ」

「そんなこと言う口には……僕がケーキを詰め込んでやる!!」

「……っ！　や、やめろ南……!!」

　リビングに、賑やかな声が溢れていた。

「ふふっ」

　なんだか、こんなに笑ったのは久しぶりだなぁ……。

　こんな和やかなひとときが、ずっと続けばいいのにと思うほど、とても楽しい時間。

　私にとって、とっても素敵な思い出のひとつになった。

居場所をくれる人

　あっという間に時間がたって、気づけば私と蓮さん以外のみんなは眠ってしまった。

「んん……」

　舜先輩は眉間にシワを寄せながら、怖い顔をして眠っている。

「……」

　滝先輩は、息をしているのか心配になるほど静かに寝ていて。

「むにゃむにゃ……」

　南くんは、寝方もかわいさ満点で、天使のような寝顔。

　そして、蓮さんはそんな3人を見ながら苛立っているのか眉をひそめている。

「こいつら……」

「ふふっ、皆さんぐっすり眠ってますね」

　お腹いっぱいになって眠くなっちゃったんだろうな、きっと……。

　みんなの寝顔を見ていると、起こすのはかわいそうな気になった。

「かけ布団って余ってますか？」

　寒そうに見えて、蓮さんに聞く。

「タオルで十分だろ」

　蓮さんは、一度リビングを出ていったあと、バスタオル

を持って戻ってきた。

　それを眠っている3人にかけてあげている姿が、なんだか微笑ましい。

「優しいですね」

　かけ方は、ちょっと雑だけど……あはは。

「風邪引かれたら困るからな。ここに放置でいいだろ。由姫も泊まっていくか？」

「いえっ……私は部屋で寝ます」

「そうか」

　蓮さんの返事が、少し残念そうに聞こえた。

「あと片づけしますね！」

「俺がするから置いとけ。由姫も眠いだろ？」

「でも……」

「俺に気をつかうな」

　ぽんっと頭を撫でられ、優しい笑みを向けられる。

　蓮さんって……なんていうか、ほんとにびっくりするほど優しい……。

　つねに気づかってくれるというか、優しくない時がない。

　それに……頭……。

「蓮さんって……頭を撫でるの、癖なんですか？」

　蓮さんに撫でられると、うれしいけど、恥ずかしい……。

　私の質問に、蓮さんは無意識だったのかハッとした表情になった。

「……ん？　あー……あんま意識してなかった」

　そう言いながら、頭を撫でるのをやめない蓮さん。

「由姫はかわいいから、撫でたくなる」

　……っ。

　かわいいって……やっぱり蓮さんは、美的感覚がおかしい……。

　恥ずかしくて、目を伏せる。

「今日はもう帰って寝るか？」

「はいっ……」

　こくりと頷いて、帰る支度を始めた。

「今日はありがとうございました」

　カバンを持って、玄関へ向かう。

「俺は何もしてない」

　蓮さんは玄関まで送ってくれて、また私の頭にそっと手を置いた。

「おやすみ」

　……も、もうっ……まただ……。

「お、おやすみなさいっ……」

　逃げるように、部屋を出た。

　自分の部屋に戻って、へなへなとその場にしゃがみ込む。

　蓮さんって、いつもさらっとあんなことをするから、否<ruby>応<rt>おう</rt></ruby>なしに照れてしまう……。

　あんな甘い顔で優しくされたら、勘違いしてしまいそうになる。

　顔の熱を冷まそうと、手で仰いだ。

　なんだか、眠気も覚めちゃった……。

　そういえばスマホを見ていなかったと思い、画面を開く。

　いつものように、春ちゃんからメッセージが届いていた。

【今日はfatalで集まりがあった。今もみんなで元気にやってるよ】

【サラは何してる？】

【気が向いたらいつでも連絡してね】

　春ちゃん……。

　弥生くんと華生くんが、春ちゃんが荒れてるって話していたな……。

　女遊びが激しくなったとも言ってた。

　結局、春ちゃんの気持ちはわからずじまいだったけど……。

　そろそろ私も、覚悟を決める時だ。

　……少しだけ、外に出ようかな。

　寮の裏庭に出て、風に当たる。

　最近、秋風が気持ちいい。

　正直、もう春ちゃんが好きという気持ちはコントロールできるくらいになっていた。

　前はまだ、好きだから別れたくないと、すがるような気持ちがあったけど……今はもう、大丈夫。

　私を裏切った春ちゃんと……この先の未来を歩んでいくことはできない。

　大好きだった気持ちは、本当だよ。

　私たちは恋人らしいことなんて、遠距離のせいで手を繋ぐことくらいしかできなかったけど……それでも、何も知

らずに春ちゃんの彼女でいられた期間は幸せだった。

　目を瞑るだけで、いろいろな思い出が蘇（よみがえ）ってくる。

　どれも、楽しい思い出ばかり。

　こぼれるのは涙ではなく、笑顔だった。

「風邪引くぞ」

　……え？

「蓮さん……？」

　振り返ると、上着を持った蓮さんの姿が。

　蓮さんはそれをそっと私にかけて、私の横に立つ。

「ふふっ、すみません」

　どうしてわかったんだろう……？

　私が出ていくところが見えて、追いかけてきてくれたのかな？

　蓮さんの横顔は、じっと空を見上げていた。

　その横顔は、芸術品のようにキレイ。

「なあ由姫」

　蓮さんが、視線を私に移した。

「お前の居場所はnobleにあるからな」

　……え？

　ふっと笑った蓮さんがキレイで、一瞬見とれてしまった。

　この人はいつだって……私の不安をかき消してくれるなぁ……。

「……はいっ」

　居場所があると、はっきり言ってもらえたことに……心の底からほっとしたんだ。

　もうfatalに私の居場所はない。

　でも……私には新しい居場所があるって、思ってもいいのかな……。

　fatalがなくなったからnobleに……なんて、虫がよすぎるけど、ただ……生徒会のみんなといる時間が、すごく楽しかった。

　だから、必要とされる限り……生徒会の"仲間"として、頑張りたいって思った。

「なんにも考えず、nobleに……俺の隣にいろ」

　蓮さんは相変わらず、頭を撫でるのが癖みたい。

　わしゃわしゃと撫でられ、胸の奥が温かくなった。

「蓮さん、私……」

　一度、すぅっと息を吸ってから、私は自分の決心を吐き出した。

「恋人に電話します。ちゃんと……別れます」

　蓮さんには、言っておきたかった。

　たくさん心配をかけたから言っておかないと、と思った。

　蓮さんは目を見開いてから、いつもの優しい笑顔を向けてくれた。

「そうか」

　安心したような声色に、私も笑顔を返す。

　少しの間、どちらからともなく視線を空に戻して、ふたりで夜空を眺めた。

　山の中だから、星がとてもキレイ。

　月が、静かに私たちを照らしていた。

「由姫」

　蓮さんが、ふと私の名前を呼んだ。

「……？」

　首をかしげて、蓮さんのほうを見る。

　月明かりに照らされた蓮さんの瞳がキレイで……ふっと浮かべられた笑顔に、また見入ってしまう。

　私のことを見る蓮さんの表情は、とても優しくて……。

「好きだ」

　そう告げてくる声は、めまいがしそうなほど甘かった。

　──え？

　好き……？

「私も、もちろん蓮さんのこと……」

「由姫の好きとは違う」

　蓮さんの言っていることがわからなくて、再び首を横に傾ける。

　蓮さんは相変わらず優しい眼差しで私を見ながら、ゆっくりと唇を開いた。

「由姫の全部が欲しい」

　その言葉と、真剣な眼差しに、思わず息をのんだ。

　蓮さんの気持ちが流れ込んでくるみたいで……私はすぐに──蓮さんの言う"好き"を理解してしまった。

「……え？」

　静寂に、私の声が響いた。

別れ

「由姫の全部が欲しい」

　全部が欲しいって……そんな……。

　──愛の、告白みたい。

「……え？」

　待って……蓮さんの好きって、まさか……っ。

「意味、理解したか？」

　蓮さんはいたずらっ子みたいな笑みを浮かべて、そう聞いてくる。

　私は驚きのあまり、ぱちぱちと瞬きを繰り返した。

　う、嘘……蓮さんが、私を……？

　恋愛の意味で、好きって……そんなこと……。

　ふと、蓮さんの今までの行動が脳裏をよぎった。

　女嫌いと言っていたのに、私には過保護なくらい優しくしてくれたり、必死に探してくれたり、献身的に看病をしてくれたり……。

　今までどうしてこんなにも優しくしてくれるんだろうと思っていたけど、その理由がわかって、顔に一気に熱が集まる。

　そっか……困っていた時に必ず助けてくれたのも、いつも心配してくれたのも……好き、だからっ……。

「……あ、あの……」

　なんて言えばいいかわからなくて、言葉が出てこない。

　ひとつだけわかるのは──蓮さんの告白を、嫌だと思わなかったこと。

　むしろ……少しだけ、うれしいと思ってしまったことに、ショックを受けたくらい。

　私、まだ春ちゃんと別れてないのに……他の人の告白をうれしいなんて、最低だ……っ。

　浮気した春ちゃんのこと、悪く言えないな……。

　蓮さんのことは、ひとりの人として好き。

　恋愛かどうかと言われたら……今は違うと思う。

　でもなら、どうしてうれしいって思うんだろう……？

　自分の中の気持ちがわからなくて、困惑する。

　そんな私を見て、蓮さんはふっと微笑んだ。

「困らせたいわけじゃない。今は俺のことは考えなくていい。ただ……言っておきたかっただけだ」

　……蓮さんは、こんな時まで優しい。

　返事もできない私なんかに優しくしなくてもいいのに、この人は見返りすらも求めない。

「由姫はかわいいから、他の奴に取られたら困る。遠慮なんかしてられない」

　やっぱり、蓮さんは目がおかしいよ……。

　というか、どうして私は、今までこの人の気持ちに気づかなかったんだろう……。

　そう不思議に思うほど、蓮さんの瞳は愛おしいものを見るような、甘く優しい眼差しだった。

　こんなちんちくりんな私の、何を気に入ってくれたんだ

ろう。

　蓮さんに好かれるほどの価値、私にはないのに。

　他の奴に取られたら困る、なんて……私なんかを好きに
なってくれる人、蓮さんしかいないっ……。

「えっと、あ、の……」

「言っただろ？　今は考えなくていい。返事もいらない」

　なんて言えばいいかわからずしどろもどろになった私の
頭を、蓮さんは慣れた手つきで撫でた。

「由姫は、ただ笑ってろ」

　……っ。

　あまりにキレイな笑顔に、息をのむ。

　心臓が、大きく跳ね上がった気がした。

「そろそろ帰るぞ。これ以上いたら冷える」

　蓮さん……。

「は、はい……。わっ……！」

　頷いて歩き出そうとした時、つまずいてしまった。

　転びそうになった私の体を、蓮さんはすっと受け止めて
くれる。

「大丈夫か？」

「す、すみませんっ……」

「前みたいに部屋まで運んでやろうか？」

　口角を上げ、不敵な笑みを浮かべる蓮さん。

　その表情が妖艶で、またドキッとしてしまった。

「だ、大丈夫です……！」

「ふっ、赤くなってかわいいな」

「～っ」

　まるで遠慮がなくなったみたいに、さらっと甘い発言を する蓮さん。

　私はまんまとドキドキさせられて、顔に熱が集まった。

　きっと今、ユデダコみたいに真っ赤に違いないっ……。

「わ、私……お先に失礼します……!!」

　蓮さんから逃げるように、走って寮に戻る。

　呼び止める声が聞こえたけど、赤い顔を見られたくなく て振り返ることができなかった。

　に、逃げてきちゃった……。

　部屋に戻り、ベッドに飛び込む。

　あっ……蓮さんに上着を返すの忘れちゃった……。

　明日返そう……で、でも、蓮さんの顔を見られないかも しれない……。

　まだ治らない顔の熱。

　蓮さんってば、自分の見た目のよさをもっと自覚しない と……。

　いや、顔だけじゃない。

　あんな優しくされたら……困る……っ。

　って、ダメだ……。蓮さんのことを考える前に、私には するべきことがある。

　スマホを取り出して、目の前に置いた。

　春ちゃんの電話番号を開いて、じっと考える。

　この電話をかけたら、もうあと戻りはできない。

　もう……春ちゃんの隣に、私の居場所はなくなるんだ。

　考えると、やっぱり寂しいけど……。

『お前の居場所はnobleにあるからな』

　蓮さんのセリフが脳裏をよぎって、背中を押されるように手がスマホへと伸びていた。

　……春ちゃん。

　バイバイ、だね……。

　私は少しだけ震えている指先で、発信ボタンを押した。

　さよならをする、覚悟を決めて。

　電話は……ワンコール目が鳴り終わるよりも先に、繋がった。

《っ、もしもし、サラ……!?》

　すぐに電話ごしから聞こえた春ちゃんの声。

　久しぶりに聞いた春ちゃんの声は、私のよく知る春ちゃんのものだった。

　風紀の教室で聞いた声とは程遠い、優しい声。

「久しぶりだね、春ちゃん」

《ひさ、しぶり……サラの声だ、うれしい……！》

　春ちゃんの声色から、本当に喜んでくれているのだと痛いほど伝わってくる。

　だからこそ、一瞬ためらいそうになったけど、決心は変わらなかった。

《よかった……。俺、毎日サラの声が聞きたくて、すごく寂し──》

「──今日はね、話があって電話したの」

　ねえ、春ちゃん、最後に確認したかった。

　私のこと、ちゃんと好きだった？って。

　でもきっと、どんな返事が来てきても、もう私はその言葉をまっすぐ信じることはできないから。

　だから……このまま、終わりにしよう。

世界が崩れる音

【side 春季】

【ちょっと学校の用事が忙しくて、当分連絡取れそうにないの】

　サラからそんなメッセージが届いた。俺は、頭の中が真っ白になった。

　……っ、え？

　学校が忙しいって……今まで、そんなことなんかなかったのに……。

　ていうか、学業で手一杯になるほど、サラは要領が悪い人間じゃない。

　嫌な予感がして、必死にすがるようなメッセージを連投した。

　それでも、サラの心は引き止められなかった。

【また私から、連絡するから】

　そのメッセージを境に、サラとの連絡が途絶えた。

　既読がつかないトーク画面を、ひたすら見つめる毎日。

　なんで……急に、連絡が……。

　もしかして……何かサラに、バレた……？

　いや、サラの情報にアクセスがあった記録はないし、誰も接触はできていないはずだ。

　サラが通っていた中学の奴らも、サラの情報を漏らすこ

とはないだろう。

　俺が、手回ししているから。

　だから……fatalや俺の現状が、バレていることはない
はず。

　だったら……どうしてだ？

　まさか……他に、好きな奴ができた、とか……。

　そこまで考えて、俺は首を振った。

　サラに限って、そんなことあるはずがない……。

　サラは浮気とか、そういうのを一番嫌う人間だし……。

　……って、なに言ってんだ俺。

　浮気男が、どの口で語ってんだか……。

　今の俺をサラが見たら、どう思うんだろうな。

　……絶対に、バレるわけにはいかない。

　いや違う、今はそんなことを考えている場合じゃなくて、
サラが連絡を絶った理由を探すんだ。

　学校の用事なんて嘘に決まってる。

　本当に……何があったんだ。

　定期的に、俺からメッセージは飛ばしていた。

　もちろん、返信はあるはずもなく既読もつかない。

　サラとの連絡が唯一の生きがいだった俺にとって、その
事実は地獄だった。

「……ちっ、邪魔だ」

　俺の行く道をふさいでいた生徒を、容赦_{ようしゃ}なく蹴る。

　とにかく焦っていた俺は、イラついてどうしようもなく
て、所構わずまわりに当り散らした。

「おい、fatalの総長さんよぉ」

　背後から肩を掴まれ、振り返る。

　そこには、nobleでもfatalでもなさそうな輩が５人立っていた。

「この前、俺らの後輩ボコッたの覚えてっか？」

「……」

　ああ、よくある仲間の仇って奴か。

　いいよなぁ、頭が弱い奴らは、仲よしこよしくらいで欲求を満たせて。

　……反吐が出るな。

「聞いてんのかお前――ぐはっ」

「雑魚が気安く話しかけんてんじゃねーよ……」

　俺はそいつの頭を掴んで、そのまま投げてやった。

　まわりにいた雑魚の表情が青ざめ、その滑稽さに笑いが込み上げる。

　……５人いれば俺に勝てるとでも思ったのか？

　fatalのトップ３は終わってるって噂があることは知ってる。

　だからって……てめーらみたいな雑魚にやられるほど終わってるわけねーだろ。

「なあ、ちょっとだけサンドバック役してくれるか？」

　たぶん、そこそこケンカができるのは、この頭の奴だけだろう。

　こいつさえ痛めつけてやれば、他の奴はビビッてそのうち逃げる。

　教えてやるよ。てめーらの仲良しごっこがどんだけちっ
ぽけな絆（きずな）か。
「ひっ……！」
「おいおい……自分から突っかかってきたくせに……」
　そいつの前でしゃがみ込んで、もう一度頭を掴んだ。
「情けねー声、出してんじゃねーぞ!!」
「ガハッ……！」
　鳩尾（みぞおち）めがけて、内臓を潰す気で蹴り上げる。
　何度も何度も足で蹴り潰しているうちに、他の奴らは案
の定逃げていった。
　……ほらな、わかったか現実が。絆とか仲間とか、んな
もんはただのお遊びでしかねーんだよ。
　あー……蹴っても蹴っても収まんねー……。
　イラつきすぎて、頭が割れそう。
　男が意識を飛ばしていることに気づいて、舌打ちをした。
　……弱いくせにケンカふっかけてくんじゃねーよ。
　ああ……イラつくことばっか。
　……うまくいかないこと、ばっかだ。

「……春季」
　……あ？
　名前を呼ばれて顔を上げると、冬夜の姿があった。
「何やってるんだ。……校内での暴力行為は即停学って、
何度も言ったはずだけど」
　いつもより低い声で、こいつにしては珍しく怒っている

らしい。

「ふっかけてきたのはこいつらだ」

「だからって……どう考えてもやりすぎだ」

　呆れを通り越しているのか、冬夜の瞳には軽蔑(けいべつ)の色が見えた。

「いい加減にしろよ。自重しろ」

「……」

「お前の行動がfatalの評判にも関わる。自分がfatalの頭だってこと、もっと自覚持て」

　……あー、うるせー。

「……指図すんな」

　いい子ちゃんぶってるこいつは、正直一番気に食わない。

　まだ、サラの前でだけ猫をかぶっている夏目や秋人のほうがマシだ。

　強くなるために、影でこそこそしてんのも知ってる。

　今は俺よりも強いと言われているのも知っているし、たぶん事実だ。

　それでも……俺はどうしても、認めたくなかった。

　fatalのトップじゃなくなったら……俺には何もなくなる気がしたから。

　サラがトップとか、そんなもんで俺を好きになってくれたわけじゃないことはわかってる。

　それでも……サラの隣に立つには、トップでい続けなければいけない気がした。

　たとえそれが……上辺(うわべ)だけのものだとしても。

その日は大人しく寮に戻った。

じっと、既読がつかないトーク画面を見つめる。

返信が来ないとわかりながらも、メッセージを打った。

【今日はfatalで集まりがあった。今もみんなで元気にやってるよ】

【サラは何してる？】

【気が向いたらいつでも連絡してね】

「はー……」

サラが……足りない。

今までだって枯渇状態だったのに、ついに連絡すら取れなくなった。

無理だ……こんなの、死んでいるのも同然だ。

サラ……頼むから、既読だけでもいいから……。

繋がってるってことを、感じさせて。

俺の世界の中心はサラなのに……せめて声だけでも聞きたい。

もう、会いに行ってしまおうか。

最寄りの駅はわかるんだ。家を探すのも難しくはないだろう。

家がわからなくったって、町中の人間に聞き回って探し出す。

今週中に連絡が来なかったら……会いに行こう。

じゃないと、もう正気が保てない。

でも……その日も、サラから返事は来なかった。

「春季、さんっ……」

　適当な女を選んで、サラの代わりに抱く。

　名前を呼ばれて、ふっと我に返った。

　……最悪だ。

「……おい、喋んなっつっただろ？」

　この女はサラじゃない。そんな当たり前のことに気づいて、絶望した。

「萎えた。消えろ」

　俺が欲しいのはこいつじゃない。

　たとえ全世界の女が手に入ったとしても、サラがいなければ意味がない。

　サラしか欲しくない。

　本当に、俺はサラだけが……。

　──もう、限界だった。

「サラ……」

　部屋のベッドに沈みながら、ホーム画面にしているサラとのツーショットを眺めた。

　声が聞きたい、顔が見たい、会いたい……今すぐ抱きしめて、そのまま離れたくない。

　俺に必要なのは──サラ、だけなんだ……。

「頼む……連絡、くれ……っ」

　柄にもなく、泣きそうになった。

　もしかして……俺が、何かサラの気に触ることでも言ったのか……？

　嫌なところがあるなら全部直す。

　サラの理想の男になるから……。

　もう他の女を代わりにするのもやめる。サラがダメって言うなら、ケンカもやめるし……全部全部、言うとおりにするよ。

　だから……。

　画面が、着信を知らせるものに変わった。

　"サラ"と名前が表示され、すぐに電話に出る。

「っ、もしもし、サラ……!?」

　たぶん、はしゃぐ子供みたいな声になっていただろう。

《久しぶりだね、春ちゃん》

　電話ごしに聞こえたサラの声に、全身の血が沸き立つ。

　うれしくて仕方なくて、やっぱり俺の世界を彩るのはいつだってサラしかいないと強く思った。

「ひさ、しぶり……サラの声だ、うれしい……！」

　声を聞くだけで、こんなにも幸せに感じさせてくれるのは、サラだけだ。

　ああ、よかった。このまま連絡が途絶えたらって毎日心配していたから、安心した……。

「よかった……。俺、毎日サラの声が聞きたくて、すごく寂し──」

《──今日はね、話があって電話したの》

　……え?

「……話?」

　サラの言葉に、なぜかとてつもなく嫌な予感がした。

　話って、なんだ……?

　まさか、別れ話とか……。

　いや、そんなわけない、だろ……。

《春ちゃん……》

　サラが、電話ごしにすっと息を吸ったのがわかった。

　まるで深呼吸をするかのような息づかいに、俺の心臓が嫌な音を立てる。

　大丈夫。忙しい時期が終わったとか、そういう話に決まってる。もしかしたら、次に会える日程が決まったとか、いい話かもしれないし……。

　そう自分の心に言い聞かせながら、サラの言葉を待つ俺に届いたのは……。

《――私たち、別れよう》

　サラの口から一番聞きたくなかった、言葉。

　それは――俺を絶望の底に突き落とすのには、十分すぎる言葉だった。

　スマホを持つ手が震える。

「……え？」

　サラのいない生活を考えるだけで、目の前が真っ暗になった。

【続】

あとがき

☆ afterword

このたびは、数ある書籍の中から『総長さま、溺愛中につき。②〜クールな総長の甘い告白〜』を手に取ってくださり、ありがとうございます!

第②巻、楽しんでいただけましたでしょうか?

南くんの登場、fatalとの再会、拓ちゃんの決意、蓮さんの告白……などなど、第②巻では、本格的に由姫ちゃん争奪戦が始まりました!

主要メンバーが全員揃いましたが、皆さんはどのキャラが一番好きですか?

1人でも好きだと思っていただけるキャラがいれば光栄です!

個人的に、②巻では南くんと冬夜くんがそれぞれのグループの中でとくに活躍していたかなと思っています。このふたりを書くのは本当に楽しいです!

この『総長さま、溺愛中につき。』シリーズはいつも楽しく書かせてもらっているのですが、由姫ちゃんがかわいそうなシーンは胸が痛むので、②巻はとくに読者さんにも悲しい気持ちをさせてしまい申し訳ございませんでした!

これからは胸キュン・甘々要素増し増しで展開していきますので、ご安心ください!

　まだまだ拓ちゃんと南くん以外は由姫の正体も素顔も知らないので、じれったいとは思いますがワクワクしながら先の展開を楽しみにしていただけるとうれしいです！

　fatalは「悪」のような書き方になってしまいましたが、彼らも完全な悪ではなく、今後活躍する機会もあると思うので、どうぞ温かく見守ってください……！

　③巻は、②巻以上の急展開でお届けしますので、由姫に別れを告げられた春季がこれからどうなるのか、fatalはいつ由姫の正体に気づくのか……ぜひお楽しみに！

　また、サイトでも先読み公開をしておりますので、「次の発売が待てない！」と思っていただけた方はよろしければそちらもチェックしてみてください！

　最後に、感謝の言葉を述べさせてください！

　素敵なイラストを描いてくださった朝香のりこ先生はじめ、この本の制作に関わってくださった方々。

　そして、本書を手に取ってくださった読者様。

　『総長さま、溺愛中につき。』シリーズに関わってくださったすべての方に、深く感謝申し上げます！

　ここまで読んでくださり、本当にありがとうございます！　またお会いできることを願っています！

2020年3月25日　＊あいら＊

作・＊あいら＊

大阪府在住。ハッピーエンドを専門に執筆活動をしている。2010年8月『極
上♥恋愛主義』が書籍化され、ケータイ小説史上最年少作家として話題に。
そのほか、『♥ LOVE LESSON ♥』『悪魔彼氏にKISS』『甘々100%』『ク
ールな彼とルームシェア♥』『お前だけは無理。』『愛は溺死レベル』が好
評発売中（すべてスターツ出版刊）。著者初のシリーズ作品、『溺愛120%
の恋♡』シリーズ（全6巻）が大ヒット。胸キュンしたい読者に多くの反
響を得ている。ケータイ小説サイト「野いちご」で執筆活動中。

絵・朝香のりこ（あさか のりこ）

2015年、第2回りぼん新人まんがグランプリにて『恋して祈れば』が準グ
ランプリを受賞し、『りぼんスペシャルキャンディ』に掲載されデビュー
した少女漫画家。既刊に『吸血鬼と薔薇少女』①〜③（りぼんマスコット
コミックス）がある。小説のカバーも手掛け、イラストレーターとしても
人気を博している。

ファンレターのあて先

〒104-0031

東京都中央区京橋1-3-1

八重洲口大栄ビル7F

スターツ出版（株）書籍編集部 気付

＊あいら＊先生

総長さま、溺愛中につき。②
～クールな総長の甘い告白～

2020年3月25日　初版第1刷発行
2021年3月22日　　　第5刷発行

著　者　＊あいら＊
　　　　© ＊Aira＊ 2020

発行人　菊地修一

デザイン　カバー　粟村佳苗（ナルティス）
　　　　　フォーマット　黒門ビリー＆フラミンゴスタジオ

DTP　久保田祐子

編　集　黒田麻希　酒井久美子

発行所　スターツ出版株式会社
　　　　〒104-0031 東京都中央区京橋1-3-1　八重洲口大栄ビル7F
　　　　出版マーケティンググループ　TEL 03-6202-0386
　　　　（ご注文等に関するお問い合わせ）
　　　　https://starts-pub.jp/
印刷所　共同印刷株式会社
Printed in Japan

ISBN　978-4-8137-0870-4　C0193